IN EXTENSO

(Nouvelle Série).

GABRIEL MAURIÈRE

PLUS FORT
QUE L'AMOUR

LA RENAISSANCE DU LIVRE

PLUS FORT QUE L'AMOUR

Collection " In Extenso "

Le volume 1 franc 20 — *Franco par la poste : 1 fr. 50*

GABRIEL MAURIÈRE

PLUS FORT QUE L'AMOUR

ROMAN

COUVERTURE DE RAPENO

PARIS

LA RENAISSANCE DU LIVRE

78, BOULEVARD SAINT-MICHEL, 78

GABRIEL MAURIÈRE

M. Gabriel Maurière est né, en 1873, près d'Arcis-sur-Aube, dans ce pays champenois dont les ciels légers ont des lumières spirituelles. D'une façon très générale, son œuvre s'inspire du monde rural et des milieux provinciaux, révélant de très précieux dons d'observation et d'analyse servis par un style où la hardiesse contemporaine s'unit aux plus harmonieuses perfections classiques. A vingt-neuf ans, il publiait son premier roman *Le Semeur* (1903). Il a donné depuis : en 1907, *Monsieur Cailloux, homme politique*, réédité en 1913 sous le titre : *Les Terriens*, *Monsieur Cailloux*, « monographie du paysan qui, lentement surgi de l'indigence, s'élève, grandit, fait peser sur tout un canton une tyrannie sournoise ; peinture précise, attachante de la vie d'une famille rurale, large tableau vigoureusement tracé des mœurs politiques de nos campagnes », disait M. Lucien Maury, dans la *Revue bleue*. En 1912, *la Politique de Saint-Gengoult*, que Remy de Gourmont avait en haute estime et dont il écrivait : « Dans ce livre qui se recommande par une vérité et une sincérité d'observation vraiment remarquables, M. G. Maurière continue ses croquis réalistes où nous retrouvons les types les plus caractéristiques des célébrités du village. » Ironiste charmant, M. Maurière donne à ses petits récits une forme concise et alerte pleine de verve et, quand il le faut, d'émotion. C'est en 1914 que parut *Plus fort que l'amour*, que donne aujourd'hui la collection *In Extenso*, « un des rares livres écrits par un homme qui contienne une psychologie de femme très profonde, déclarait M. Guglielmo Ferrero, qui ajoutait : « L'esprit religieux y est étudié et présenté avec une profondeur rare ; la forme est très belle », tandis que, de son côté, M. J.-J. Brousson affirmait que« le problème des deux éducations, la mystique et la rationnelle, sont délicatement analysés dans ce roman ardent et sincère ». Au lendemain de la guerre, M. Gabriel Maurière publiait *Au burlingue*, « livre délicieux, qui restera la meilleure satire de la bureaucratie militaire » (René Sudre), beau livre qui est plus qu'une satire car, ainsi que le notait M. Franc-Nohain, « si l'ironie de M. Gabriel Maurière est d'une heureuse délicatesse et d'une parfaite justesse de ton, l'idylle ébauchée est pleine de mélancolie et de tendresse, de la plus jolie sensibilité ».

Critique littéraire de *l'Evénement*, conteur savoureux dont *l'Echo de Paris*, *le Matin*, la *Revue bleue*, la *Grande Revue* se sont assuré la collaboration, M. Gabriel Maurière publiera incessamment un nouveau roman, *Pamphile et Pompon*, qui promet d'être accueilli par la presse et par le grand public avec la même faveur que ses devanciers, et où s'affirme la ma trise d'un des plus remarquables romanciers de l'époque actuelle.

PLUS FORT QUE L'AMOUR

LIVRE PREMIER

PREMIÈRE PARTIE

I

C'est une des mille joies menues teintées de mélancolie, une des fines voluptés du rêveur que de suivre les vieilles rues détournées d'une petite ville, lorsque l'automne lèche de rayons allongés les pans de muraille où retombent des grappes de feuilles empourprées. Entre les pavés, une herbe fluette aspire à la lumière. De grandes portes, verdies à la base et qui semblent ne s'ouvrir jamais, s'élèvent entre les pilastres sévères. Les sonnettes à pied de biche tinteraient au fond des cours si l'on avait la curiosité de pénétrer dans ces demeures solitaires et l'on devine, derrière les hautes murailles, des ramures jaunissantes, des buis taillés, des vies atténuées et muettes, et les faces pâles de vieilles demoiselles dévotes qui, comme l'herbe des pavés, vieillissent et se décolorent à l'ombre de la vie.

Une tristesse légère vous pénètre ; elle sort de chaque objet : des mousses humides, des toits qui s'affaissent, des vieilles pierres, de l'air trop calme et sans bruits ; mais si, là-dessus, un de ces doux soleils d'octobre si légers, si transparents qu'on croit respirer leur clarté, se met à luire derrière le pointillis d'or d'un feuillage tremblant, c'est un enchantement fait de la douceur languissante des choses, de la lumière caressante et immobile, une sensation de repos et de paix au milieu de cette nature au déclin, qui fait monter aux yeux une larme et sourdre dans le cœur une indéfinissable volupté.

Au fond, la masse noire de la vieille église Saint-Salomon-Saint-Grégoire couvre de son ombre le val de Saint-Jean et dresse son empire sur ce quartier du passé. Dans les interstices des moellons, sur les pinacles et les arcs-boutants, s'accrochent les linaires et les campanules, et les vieilles pierres ébréchées s'emplissent par ce soleil automnal d'une vie discrète, de vols silencieux, de petites joies lumineuses qui donnent aux plaques jaunes des lichens la somptuosité des antiques draperies d'or.

L'âme se sent douce et légère, prête à errer, diffuse et religieuse, parmi ce décor. Et lorsqu'un son de cloche vient à descendre des lamelles des abat-sons sur l'ardoise des toits, sur les jardins humides jonchés de feuilles mortes, sur les seuils verdis, sur les salons lambrissés de boiseries grises, sur toutes les petites vies silencieuses du quartier désert, sans peine alors s'élève en notre âme la vapeur légère du rêve, pareille à la colonne de fumée qui monte d'un feu de pâtre, le soir, entre deux buissons de la prairie.

C'est ainsi que j'ai contemplé la petite ville de Pithiviers dans un décor vieillot et mélancolique, au milieu de ce quartier humide et plein d'ombre, la petite ville d'autrefois et d'aujourd'hui, aux gestes traditionnels et aux habitudes invétérées, dont la vie sommeille entre les pierres noircies qui tachent l'uniformité de ses immenses plaines à blé. Et sur ses mails de marronniers et d'ormes qui, depuis des siècles, regardent la double rangée des maisons blanches où se tapissent les vies recluses des Beaucerons enrichis après la dure existence du sillon, dans l'engourdissement qui prépare si bien à la tombe, j'ai compris la paix de la petite ville, les pas muets et discrets, le regard furtif derrière le rideau qui retombe vite, les menues occupations des doigts vierges dans les salons déserts et les ouvroirs blancs — mais aussi, sous ce soleil voluptueux du commencement de l'automne, les soupirs sous les tonnelles effeuillées, les rêveries dans les chapelles et toute cette vie intérieure, profonde, ardente et voilée, qui se développe dans le silence, comme une plante ignorée s'efforce, d'un jet de sève, d'atteindre un peu de lumière et, chétive et triste malgré son exaltation maladive, courbe la tête et se flétrit dans l'ombre et dans l'oubli.

Par cet après-midi alangui d'octobre, un cortège de jeunes filles sortait de l'abside grise où les pinacles Renaissance, pareils aux quilles d'un jeu de boules, se marient mal aux ogives de la nef. Le vent aigre qui, même par les temps calmes, tourne autour des cathédrales, comme un souffle satanique, furieux de n'y pouvoir pénétrer, chassait leurs robes courtes, d'un rouge-puce, qui les rapetissaient et les vieillissaient à la fois. Encadrées de religieuses, elles allaient à pas lents, les coudes au corps et les yeux baissés selon la règle du couvent — non sans que, de temps en temps cependant, un regard s'échappât sur le côté.

Elles descendaient la rue du Croissant, toutes pareilles, alignées et rigides comme des saintes de Memling, car l'esprit de la petite ville voulait que les jeunes filles bien élevées et pieuses eussent cette démarche de nonnes jusque vers la seizième année. Elles entrèrent sous le haut porche de la pension Jeanne d'Arc, et, plus libres maintenant, coururent se dévêtir dans un de ces hauts dortoirs aux rideaux de cretonne, à la Sainte Vierge de plâtre, aux bénitiers de faïence, si uniformes de blancheur qu'ils ressemblent à des salles d'hôpital.

Puis elles redescendirent dans les cours; mais un coin de fenêtre au rideau relevé, dans le bureau de la supérieure, les surveillait encore comme un œil ouvert sur elles. Malgré cela, une assez grande liberté régnait; les vacances de la Toussaint étaient arrivées, et, ce soir, ce serait la dégringolade des escaliers, le tohu-bohu des malles et des ballots de linge, et cette fièvre de départ où trépident, comme dans un cinéma, de joyeuses visions de vacances. Des groupes se formaient; sous les paupières baissées, parfois apparaissait un éclair, comme on voit dans l'eau dormante et verte une lueur de soleil, venue on ne sait d'où, briller dans les profondeurs.

Cependant, les pensionnaires s'en allaient. Quelques-unes, les grandes, s'étaient enhardies jusqu'à se tenir bras dessus, bras dessous, le dos baissé, les têtes se touchant pour des confidences, avec des rires qui secouaient leurs nattes et leur faisaient se cacher les yeux dans l'épaule de leur voisine. Par moment, une tête se tournait furtivement de côté et revenait rire parmi les autres. Mais, tout à coup, les enlacements se dénouèrent, les bras tombèrent, comme énervés, les pas se ralentirent brusquement, les rires cessèrent; il semblait que du haut des grandes murailles grises, tombât un souffle pétrifiant.

Sur le perron élevé, une forme haute apparaissait, les mains jointes sur la poitrine dans une sculpturale attitude de prière; une religieuse en robe bleue, le visage haut en couleur, un peu arrondi par la cornette, mais dont le nez courbé coupait le visage sévèrement et semblait donner un coup de bec sur le menton.

— Notre mère Angélique...

Du coup, les chuchotements avaient cessé.

Sur un signe, une pensionnaire se détacha du groupe, suivie par des regards dérobés, et se rendit près de la supérieure, à pas pressés, mais sans courir, les mains au corps, les yeux à terre.

— Venez, mon enfant.

Elles entrèrent dans le parloir où le parquet luisant reflétait des blancheurs de statuettes, puis, dans un petit bureau où, sur les murs, des pacotilles dorées et des rameaux de buis entouraient de banales Vierges et une Jeanne d'Arc de stuc.

Dans la cour, c'était un petit émoi. Marguerite Tillier, des bleues, qui se permettait beaucoup parce que son oncle était grand vicaire d'Orléans, s'en alla vers la cuisine sous un prétexte quelconque et interrogea sœur Aimée dont la figure, tout entière tirée par des rides convergentes jusqu'à son museau, semblait faite uniquement d'une petite bouche plissée et d'un nez rond qui se touchaient.

On savait à demi que mademoiselle Anne Pretax devait bientôt quitter le couvent. Sa tante allait la reprendre; on pensait qu'il s'agissait d'un mariage. Sœur Aimée ne démentit rien quand Marguerite lui dit :

— On voudrait offrir un petit souvenir à Anne qui va partir ce soir et qui ne reviendra plus... puisqu'elle va se marier.

— Comment, vous savez? dit naïvement la petite pomme ridée.

— Non, ma sœur, mais vous venez de me le dire, répliqua Marguerite en éclatant de rire.

La vieille sœur leva sa louche vers la haute cheminée, se demandant s'il fallait rire ou se fâcher. Mais Marguerite savait jouer de cette petite vieille si fluette et si émaciée qu'elle ressemblait, d'ailleurs, à une marionnette. Elle continua aussitôt :

— Elle regrettera peut-être bientôt le bon temps du couvent... et les confitures de sœur Aimée.

Un petit éclair — ou plutôt une petite lumière de sourire passa sur le front de sœur Aimée qui abaissa sa louche — et ce fut la paix.

Sournoise, Marguerite insista :

— Quand je disais que je n'en savais rien, c'était pour vous taquiner.

Elle prit un temps. Sœur Aimée préparait maintenant ses beignets, les lèvres tendues par l'attention qu'il faut pour peler convenablement une pomme.

— C'est-à-dire que moi, je le savais; seulement, je n'en disais rien. Je ne dis rien à toutes ces enfants.

Comme sœur Aimée ne répondait pas, elle continua :

— Je sais même le nom de son futur. Mais une chose m'inquiète: sera-t-il aussi bon chrétien qu'elle? Voilà qui est douteux.... Est-il bien sûr?

Sœur Aimée perdit toute méfiance. Marguerite, l'air préoccupé, les yeux baissés, semblait songer gravement.

— Ah! mon enfant! voilà le danger. Ici vous êtes comme de petits poussins sous l'aile de leur mère. La sainte Vierge veille sur vous.

Marguerite, hocha la tête, convaincue.

— Je dirai une prière chaque soir pour qu'elle fasse un mariage chrétien... La famille est assez pieuse, dit-on...

— Est-ce qu'on sait, est ce qu'on sait? Quand les gens sont loin d'ici! On a demandé, notre mère supérieure s'est renseignée. Ce sont de braves gens, des vignerons de la Touraine.

— Des vignerons? C'est une famille de paysans, alors.

— Il ne faut mépriser personne, mon enfant!

— C'est vrai, ma sœur, j'ai péché, dit Marguerite en inclinant la tête...

Elle resta silencieuse un moment, ses lèvres murmurant sans doute un rapide acte de contrition. Puis, jetant brusquement un regard sur sœur Aimée, un de ces regards qui d'un relèvement brusque des paupières bais-

sées semblent faire jaillir une lueur, elle reprit :

— Elle saura agir sur son mari, sur... A propos, son petit nom, je l'ai oublié... Elle paraît y penser assez peu... Est-ce qu'elle le voit souvent? se hâta-t-elle d'ajouter.

— Une jeune fille comme il faut ne doit pas voir souvent son futur. Je ne sais pas le prénom de monsieur Martin...

— Monsieur Martin? Je crois que c'est Georges... Peu importe. Monsieur Martin... elle pourra ajouter son nom à celui-là. Vraiment, Martin, on a beau aimer la simplicité, c'est trop simple. J'aimerais mieux Martin-Pretax... Cela sonne bien... Un joli nom pour un avocat... Mais le futur d'Anne n'est pas avocat... C'était son rêve, pourtant, autrefois, à cette chère Anne.

— Ah! dit sœur Aimée qui, d'un tour de main, faisait sauter des beignets dans la poêle. Sont-ils réussis, ma petite?... Il n'y a que moi ici, voyez-vous, qui sache faire cela.

— Ah! ma sœur, vous avez péché! dit en riant Marguerite.

Effarée, sœur Aimée lâcha la queue de la poêle, comme si elle se fût brûlée. Machinalement elle se signa, sans comprendre comment elle avait pu pécher, tant son âme était simple...

Mais elle reprit :

— Oui, un professeur... Je n'aime guère cela.... Enfin!

Marguerite se leva. Elle savait ce qu'elle voulait savoir. Elle salua sœur Aimée et retourna dans la cour des grandes.

Anne était sans doute encore chez la supérieure. Marguerite parcourut de l'œil tous les groupes et ne l'y trouva pas. Des petites s'accrochaient à elle dans l'ombre du couloir; mais elle avançait sans les regarder, en les bousculant presque. Une fillette de douze ans, aux yeux noirs cernés de bistre dans une figure pâle, en eut des larmes aux yeux : car Marguerite était la reine de ce petit monde qui, en cachette, lui offrait des cadeaux, cherchait ses faveurs. Être méprisée d'elle, c'était une vraie douleur.

Dans un cercle de grandes, on l'attendait. On savait la mère supérieure retenue et, derrière des vieilles statues abandonnées dans un coin de préau, trois ou quatre pensionnaires guettaient le retour de la jeune fille. Ce fut un papotage plein de curiosités et de fièvres et, comme une poussière au vent, la nouvelle se dispersa dans la cour. Les roses — les bambines — se retournaient au passage

pour entendre ce qué disaient leurs aînées :
des choses qui ne regardaient pas les enfants,
répondaient celles-ci, impatientées.

Cependant, dans l'embrasure d'une porte,
Anne reparut. Elle hésita une seconde, puis
descendit les marches, se dirigeant vers le
fond de la cour sans paraître voir ses compagnes. Aucune d'elles d'ailleurs ne l'aborda,
le rideau du bureau de la supérieure s'étant
relevé.

Elle passa : et toutes regardaient la jeune
fille qui, dans son sarrau noir, paraissait plus
pâle que de coutume ; un émoi discret soulevait toutes les poitrines. C'était l'avenir qui s'ouvrait devant celle-ci. Des aspirations indéfinies firent monter quelques soupirs vers le ciel emprisonné par les vieux
bâtiments conventuels... Anne allait vers
l'amour, vers la vie — c'est-à-dire vers quelque chose d'ensoleillé qui leur apparaissait
plein de fleurs, de joie et de liberté, vers des
contrées défendues qui, au delà des murailles
sévères de leur foi dévote, leur semblaient
une échappée de rêve, un de ces spectacles
de théâtre qui sont interdits, mais où tout
est couleur, beauté, illusion — et peut-être
aussi péché !

Anne s'arracha aux étreintes des grandes.
La petite Millette l'embrassa malgré elle, les
yeux noirs à demi chavirés, comme si elle
eût embrassé l'amour ; il semblait que la
jeune fille portât déjà en elle comme un
effluve, un parfum du grand mystère. Seule
Marguerite Tillier put la suivre. Sa forte
personnalité lui donnait sur Anne, comme
sur ses autres compagnes, un ascendant
auquel elles ne résistaient pas.

Elles montèrent au vestiaire ; à des rayons
tous pareils pendaient des jupes, couronnées
de chapeaux d'uniforme au dessous desquels
s'accrochaient de petites robes puce. Et dans
l'ombre qui peu à peu descendait, enva-
hissant les vieilles pierres moussues, palpitait un peu du trouble délicieux des amours
naissantes.

— Alors, c'est vrai ? Tu te maries ?

Anne tressaillit ; il lui semblait que de parler ainsi, brusquement, d'amour et de
mariage, était quelque chose de choquant,
de quasi honteux.

— Comme tu dis cela ! répondit Anne.
Notre mère ne m'a pas parlé ainsi !

— Voyons, tout le monde sait bien ce
qu'elle t'a dit.

Anne levait les bras vers ses chapeaux, et
sa poitrine saillait sous le fourreau noir.

— Oui, elle m'a dit que je quittais le couvent, que ma famille songeait à... oui... à
quelqu'un pour moi...

Malgré l'ombre, elle se sentit rougir et en
rougit davantage.

— Et monsieur Martin te plaît ? interrogea
Marguerite d'une voix qu'elle cherchait à
rendre railleuse pour cacher sa curiosité
aiguë et aussi un certain embarras.

— Qui t'a dit ce nom ? Je ne le connais
guère et tu es peut-être mieux renseignée
que moi sur lui, répliqua-t-elle d'un ton
pincé.

Elle continua à ranger ses vêtements dans
une petite malle noire, vieille et lourde, qui
avait dû servir à des générations de pensionnaires...

C'était une jeune fille de dix-neuf ans environ, de taille moyenne, assez bien prise. Des
bandeaux encadraient un visage mat et régulier ; les yeux noirs assez grands, très enfoncés
sous l'arcade sourcilière, paraissaient profonds et pensifs. Un pli, entre les deux yeux,
marquait quelque entêtement. Son sarrau
dépouillé, ce ne fut plus une pensionnaire
insignifiante, mais une jeune fille agréable,
saine et vigoureuse, ayant encore cependant
un peu de la minceur de l'adolescence à
peine disparue. Elle parlait peu d'habitude et
elle semblait, pour cette raison, perdue dans
des rêves, regardant au loin, vaguement, tout
en songeant à des choses futiles. Elle avait
un air ténébreux en cherchant son dé à coudre,
et cela sans art, par le jeu naturel de sa physionomie.

Elle détourna la conversation.

— Il me manque un cache corset... La
nouvelle domestique ne m'inspire aucune
confiance.

Marguerite remarqua le pli fermé du front
et jugea inutile de continuer, car elle connaissait le caractère de sa compagne. Un peu
vexée, elle ne résista pas au plaisir de lui
dire une petite méchanceté.

— Sois heureuse. C'est une famille de
braves gens que celle de monsieur Martin.
Mon père les connaît ; ce sont des vignerons,
n'est-ce pas ?

Mais Anne ne répondit rien. La tête dans
sa case, elle paraissait attentive à ranger son
linge. Peut-être d'ailleurs ne comprit-elle pas.

Elle continua seule son petit déménage-
ment. Tout le long des escaliers, les pensionnaires, un peu folles, couraient et riaient. Et
quand tout le monde fut descendu dans la
cour, où attendaient les omnibus de ville qui

devaient emporter les bagages, Anne, une des dernières, apparut. On l'accueillit avec un peu de curiosité.

Toujours silencieuse et sans trouble apparent, elle écoutait les petites conversations et se laissait embrasser passivement comme une patène. Petit à petit, les pensionnaires disparaissaient, entassées dans les voitures. Anne voulut revoir seule, une dernière fois, son vieux couvent.

Elle s'engagea dans la grande cour de récréation, maintenant déserte. Les hauts bâtiments, à la face plate, pareils à de grandes caisses percées d'ouvertures, muraient quelques centaines de mètres carrés de cours. Elle prit l'un des couloirs qui bâillaient devant elle et s'engagea dans l'escalier du dortoir. Elle regarda, avant d'entrer, l'alignement des lits, puis parcourut l'allée et s'arrêta devant le sien. Et ce vide, cette absence, cet abandon produisit en elle la légère vibration des nerfs qui amène si facilement les larmes quand la tension de l'être est déjà forte.

Depuis la mort du capitaine Pretax, son père, sa vie avait été bornée par cet horizon. Pendant six ans, Anne Pretax avait vécu là, dans ces salles communes, dans ce dortoir froid. Elle avait dormi sous la lumière clignotante de la veilleuse, protégée par l'aile de l'ange gardien qui habitait ce lieu. Ses vacances avaient été souvent écourtées, et il lui était arrivé plusieurs fois de rester presque seule au couvent. Elle ne connaissait rien de la vie. Tous les détails de son existence, depuis les soins de la toilette jusqu'à l'étude et à la prière, avaient été les mêmes, minutieux, réglés, soumis à de rigides horaires, et elle s'était si bien accoutumée à cette canalisation de sa pensée, à ce glissement régulier de ses actes, qu'elle ressentait aujourd'hui en elle comme un détraquement de machine faussée, une appréhension douloureuse, et que cette rupture de ses habitudes anciennes la jetait presque à la dérive, dans une défaillance pénible de la volonté.

Il lui sembla que d'emporter un des rameaux du buis bénit qui ornait la statue de la Vierge serait en quelque sorte se munir d'un viatique, saisir un de ces fils auxquels sa vie passée pourrait se rattacher à l'avenir, et elle le fit. Puis, elle toucha le lit de ses voisines, de ses amies, et elle baisa l'oreiller de la petite Millette, afin qu'en rentrant, celle-ci eût un souvenir d'elle. Ces rites puérils accomplis, sans hâte, avec cet air pensif qu'elle gardait dans les moindres actions, lui rendirent un peu de calme. Elle refit le tour du petit parc où mouraient les gazons grisâtres ; elle foula, sous les marronniers, les étoiles rousses des feuilles. Dans la serre, les plantes destinées aux autels étendaient leurs bras chétifs derrière les vitres irisées. Toutes ces choses familières semblaient muettes, étonnées du silence, abandonnées et mourantes. Elle eût voulu leur dire un adieu individuel, les serrer sur son cœur... Elle promena un dernier regard sur le jardin et sortit.

Il lui fallait prendre congé des religieuses. Elle les vit une à une.

Sœur Gertrude, blonde et ronde, d'une pudibonderie sans cesse alarmée, se hâta de la quitter sans faire même allusion au motif de son départ, car, au seul mot de mariage, son visage poupin se fût fardé de rouge. Sœur Mélanie, qui enseignait les lettres, lui remit le manuel de l'épouse chrétienne, en lui demandant de le lire souvent et de revenir au couvent chaque fois qu'elle le pourrait.

Sœur Dorothée, qui dirigeait les études et dont la figure sévère et la voix coupante lui avaient toujours donné l'impression de la règle qu'il est impossible de violer, termina par ces mots :

— Pécher, c'est pécher. Laisser pécher autour de soi, quand on peut l'empêcher, c'est pécher doublement. Il faut, mon enfant, mener une vie chrétienne, et que votre maison soit une maison chrétienne, et votre époux, un époux chrétien. Puisque vous devez revenir ici, je vous verrai toutes les semaines, n'est-ce pas ? et je vous suivrai dans la vie.

Sœur Aimée, qui ne pouvait s'empêcher de pleurer au départ de la moindre fillette, mouilla sa joue de quelques larmes. Et les paroles de la supérieure, qui parlait peu et dont tous les mots tombaient avec lenteur comme des grains de chapelet, furent pleines de recommandations minutieuses relatives aux pratiques les plus complètes de la religion, comme si d'oublier un rite eût été de la dernière gravité. Elle savait que, chez les natures simples, c'est la force des gestes qui reste inébranlable et qui sauvegarde la foi.

Partout, Anne sentit obscurément, non pas une froideur, mais une sorte de retenue plus grande que d'habitude. On lui parlait sérieusement, sévèrement presque. Un mot, qu'elle n'avait pas remarqué au passage, lui revint un instant après :

— Nous espérons, avait dit sœur Angélique, que votre tante aura fait un bon choix et que votre époux et vous, formerez un ménage chrétien. Nous n'avions pas à nous prononcer sur ce choix. Nous ne le faisons d'ailleurs que si on nous en prie et nous préférons laisser nos enfants agir suivant les principes qu'ils ont acquis dans notre retraite. La semence est faite ; à vous de la faire germer... Nous comptons sur vous.

Il lui sembla que, discrètement, comme d'un effleurement des doigts elle avait touché sa joue, sœur Supérieure laissait percer une légère critique dans ces paroles.

Comme elle sortait du parloir pour rentrer dans la cour, Anne monta instinctivement les marches de la petite chapelle et y entra.

Elle s'assit à sa place accoutumée, la tête un peu vide maintenant, si bien reprise par l'accoutumance dans cette atmosphère familière, qu'elle s'imaginait difficilement qu'une autre vie allait commencer pour elle.

Elle promena ses regards sur le bois lisse des prie-Dieu, sur l'ogive qui brillait au couchant comme un jardin fleuri, sur la nappe blanche de l'autel où des chrysanthèmes faisaient des étoiles d'or. Elle ouvrait tout grands les yeux, sans voir, sur les taches lumineuses ou sombres qui dansaient, incertaines, devant elle. Minutieusement, elle égrena son chapelet en répétant à mi-voix les oraisons familières, et peu à peu les goûttes de la prière, tombant sur son âme, calmèrent son trouble.

Le chapelet achevé, une image surgit : Georges Martin.

Mais aussitôt elle se troubla : comment pouvait-elle, au moment de quitter les saintes filles de cette maison de Dieu, au milieu de sa prière, laisser passer dans son esprit des images profanes ? Comme pour s'absoudre, elle se hâta de les colorer de religion, ainsi que le lui avait appris son confesseur. C'est en s'adressant à Jésus qu'elle mêla son futur mari à son oraison et qu'elle finit ainsi sa prière :

— Je voudrais, Seigneur, amener mon époux à vos pieds.

II

Les Pretax étaient originaires de la Vendée. Le capitaine Pretax, mort quelques années avant sa retraite, fut toute sa vie un homme d'ordre, de régularité, à qui le métier militaire plaisait beaucoup par son mécanisme précis où tous les actes glissent sans heurts dans des horaires bien ajustés, vers des directions connues et fixes. La mort seule le fit manquer à la discipline, car elle l'emporta quelques années avant que le règlement eût marqué le terme de sa carrière.

Il laissait à sa fille une aisance d'une centaine de mille francs. Marié tard, il était resté veuf de bonne heure, si bien qu'Anne Pretax, à douze ans, se vit orpheline, n'ayant comme famille que la sœur du capitaine Pretax, madame Varnier, qui, terrifiée par l'idée d'élever une jeune fille, la mit au couvent de Pithiviers avec la pensée de ne l'en tirer que pour la marier.

Comme son frère, madame veuve Varnier-Pretax avait une vie si réglée que l'arrivée de sa nièce lui sembla de nature à détraquer tout l'agencement minutieux de son existence. Ce n'est pas sans crainte qu'elle se vit obligée de la faire revenir six semaines avant le mariage : encore écourta-t-elle ce délai, comme elle le faisait pour les vacances. C'était une femme petite, assez replète ; face ronde, un peu pincée, narines serrées, bouche cousue : une de ces figures qui marquent une perpétuelle concentration de la pensée. On était presque étonné de la voir parler, et même avec abondance, comme si le robinet d'une impassible fontaine se fût ouvert d'un coup ; brusquement d'ailleurs, le débit cessait et la figure redevenait fermée. Vêtue d'éternelles robes gris foncé, toujours soignée, elle avait sans cesse l'air affairé, flairant la poussière, les araignées, pointant son nez mince vers les coins mal essuyés. Le torchon à la main, elle fourbissait, frottait et cuisinait, tout en gourmandant sa bonne — dont elle faisait le travail — avec une telle abondance et si fréquemment qu'il semblait que la fonction de celle-ci fût de recevoir des averses de reproches.

Quand Anne arriva, elle dut se déchausser avant d'entrer et enfouir ses pieds dans des savates.

— C'est l'habitude de la maison, dit la tante.

Rien de plus net d'ailleurs que ce logis, au carreau rougi et luisant où se reflétaient les meubles cirés. Une vague odeur de renfermé flottait dans l'appartement. Anne monta à sa chambre : une pièce tapissée de fleurettes bleues, garnie de tapis et de descentes de lit en languettes de drap militaire. Sur le devant de la cheminée, saint Joseph menuisait à côté d'un enfant Jésus auréolé. Une commode transformée en autel, avec des vases blancs garnis de buis, un Christ de faux ivoire, une Vierge de stuc et sur les murs des chromos : le Sacré-Cœur de Jésus, la Visitation, l'Assomption ; des rideaux de cretonne, une image de première communion, les photographies décolorées du capitaine Pretax : partout, c'était la dévotion, le froid des choses vieillottes, propres, nettes, sans âme.

Anne ne faisait en somme que changer de couvent, avec cette différence que celui-ci cependant était plus ennuyeux que l'autre, car il y manquait le babil de jeunesse qui, malgré la règle, emplissait de jasements d'oiseaux les murailles noires de la pension. Mais elle s'adapta vite à cette existence, disposée par hérédité aux occupations ménagères minutieuses et pliée aux pratiques de la religion par six années de couvent; d'ailleurs pleine de docilité avec sa tante qui lui apparaissait un peu comme la Mère supérieure.

Madame Varnier-Pretax était commise à la garde et à l'entretien de l'autel de la Vierge dans l'église du bourg de Chilleurs-aux-Bois. Elle y apportait le même soin méticuleux qu'à tous ses travaux. Les prières, le chapelet, les jeûnes, la note du boulanger. le semis des légumes étaient choses réglées, précises, et elle ne se rendait peut-être pas très bien compte de l'importance relative de ces différents rites. Elle eût souffert de faire gras le vendredi, parce que c'était un péché, mais aussi parce qu'il était dans ses habitudes de voir un poisson sur sa table ce jour-là, et chaque soir, l'âme tranquille, elle s'endormait, sachant qu'elle avait fermé la porte du poulailler, vérifié le compte de la bonne et dit cinq *pater* et trois *ave*. Alors, elle reposait son âme dans le sein de Dieu, comme elle plaçait son râtelier dans un verre d'eau, en toute tranquiillté.

Anne, toujours petite fille devant cette vieille dame, n'avait rien demandé à sa tante au sujet de Monsieur Martin. Elle attendait.

— Monsieur Martin sera ici dimanche. Comme il me semblait difficile de le recevoir seul, son père ne venant pas, j'ai invité monsieur le curé et mon notaire.

Anne ne répondit pas. Mais sa pensée se portait souvent, comme il est naturel, vers ce jeune homme qu'elle connaissait depuis les vacances dernières seulement. Leur mariage s'était préparé dans les circonstances les plus banales et les plus régulières. Un collègue de Martin, Mauvert, marié récemment, en fut l'artisan. Comme Georges dépeignait un jour,

devant le jeune couple, l'ennui du célibataire dans les petites villes — allées et venues sur le boulevard du chemin de fer, promenade au val de Segré ou sur les larges mails déserts — ceux-ci se mirent en devoir de lui trou er une femme. Ils s'étaient rencontrés à Pithiviers avec madame Varnier et sa nièce, chez un fabricant d'engrais chimiques; ils songèrent aussitôt à cette jeune fille pour leur collègue. Madame Varnier jugea le parti convenable. Monsieur le curé Marmont s'était renseigné. Sans doute Georges appartenait à l'Université. Mais c'était un garçon rangé, qui paraissait tiède, il est vrai, en matière religieuse, comme beaucoup de jeunes gens dont les opinions sont flottantes sur bien des points et susceptibles de se modifier. Un jeune homme un peu timide, et que son entourage guiderait. C'est du moins ce que déclar it le collègue de Georges Martin à son cousin l'abbé. Inconsciemment, madame Mauvert, qui s'était mis en tête d'aboutir vite, faisait subir à son protégé le badigeonnage de qualités usité en pareille circonstance.

Et avant qu'il eût pu se reconnaître, on présenta Georges aux dames Pretax, dans une petite soirée de famille. Madame Varnier, embusquée en un coin du salon, tenait Martin entre un guéridon et une potiche et, dans un rapide colloque, sans biaiser, elle abordait l'objet de la réunion. Dans sa hâte de « liquider » sa nièce, elle la jetait presque à la tête du jeune homme qui, timide, répondait :

— Sans doute, sans doute », effaré d'être emporté dans le tourbillon des événements et d'être marié sans presque avoir vu sa future femme. Mais tante Varnier, avec sa figure fermée et ses paroles nettes, ne semblait pas permettre la contradiction. D'ailleurs, Anne n'était-elle pas jolie? Il ne résista point aux multiples pressions qui s'exerçaient sur lui. Il était pris dans l'engrenage, et il s'y laissait entraîner sans difficulté, vaguement satisfait d'être porté par la volonté des autres, bousculé comme un homme distrait ou comme un collégien novice.

Madame Varnier, le dernier jour des vacances, lui exposa la situation de fortune de sa nièce — car, dit-elle, il faut s'entendre là-dessus d'avance, afin d'éviter des difficultés.

— Cela va-t-il ainsi ? ajouta-t-elle militairement, après avoir, devant Martin gêné, sorti d'un coffret des carnets et des ti res...

— Je n'ai presque rien, moi, dit-il humblement.

— Votre stiuation est quelque chose, ajouta

tante Varnier... Si celle de ma nièce vous convient, dites-le.

Les cent mille francs d'Anne Pretax semblaient une fortune au fils du vigneron de Riceys : pouvait-il espérer mieux? Il balbutia des remerciements, tandis que tante Pretax, fronçant le sourcil et pinçant les lèvres, reprit :

— Eh bien ! alors, c'est affaire entendue. Je vais consulter Anne.

La discussion ne fut pas longue, sans doute, car la jeune fille vint aussitôt. Sans paraître trop troublée, elle se laissa embrasser sur le front par Martin qui semblait vivre un peu en dehors de lui-même et à qui tante Varnier imposait beaucoup. D'ailleurs, celle-ci ne laissait point aux jeunes gens le temps d'analyser leurs sentiments, et elle descendait aussitôt aux détails pratiques, réglant tout de sa voix nette, ondulante et ronronnante qui, à la moindre contradiction, même imaginaire, partait en coup de clairon.

Sorti de la maison, Georges Martin tâchait de ressaisir ses facultés d'analyse... Sans doute Anne était loin de lui déplaire. Mais il était de naturel timide, surtout dans le monde. Cette jeune fille qui tombait ainsi dans ses bras lui faisait un peu l'effet d'une étrangère, bien que l'attrait naturel d'une jeune personne agréable influât sur lui et qu'il fût tout saisi qu'on lui donnât cette vierge... Pour lui, pour lui seul ce profil pur, ce teint chaud, cette gorge qui soulève le corsage... Il en restait ébloui, comme un enfant devant un bel objet qu'il n'ose pas toucher. Elle était là, immobile sur sa chaise, parlant peu, attentive aux menus ordres de sa tante, facilement rougissadte, toute neuve et fraîche, et maintenant, devant son image, le cœur du jeune professeur se fondait en une joie un peu effarouchée, troublante, insoucieuse des plans de vie et d'avenir. Maintenant Anne était revenue, et demain c'étaient les fiançailles.

Madame Varnier n'avait plus de famille. Elle invitait donc les personnes qui la touchaient de plus près : le curé qui dirigeait sa vie spirituelle et le notaire qui réglait ses affaires. Le ménage Mauvert, qui avait amorcé le mariage, était absent, madame Mauvert se trouvant malade. Quant au père de Georges, il était âgé et ne fit pas le voyage.

C'est donc au milieu des préparatifs du dîner de fiançailles qu'Anne débarquait. Depuis deux jours, tante Varnier bousculait la bonne, nettoyait la maison, mettait elle-même la main à l'ouvrage. Heurtée, pressée, la jeune fille n'avait pas le temps de se recueillir. Elle recevrait des mains de sa tante un mari tout prêt, comme elle recevait des vêtements, des livres et des instructions sur ses devoirs religieux. C'était dans l'ordre de choses établi : et chacun tombant d'accord, pouvait-elle faire autrement que de suivre sa tante, monsieur le curé, maître Bouvier et toutes les vieilles et jeunes personnes qui la félicitaient, l'entouraient comme si elle fût le centre du monde. D'ailleurs, c'était un esprit peu enclin aux rêveries, tout aux actions menues et multiples de la vie matérielle, dont chacune prenait entièrement son attention...

De temps en temps, elle revoyait dans sa pensée la figure sérieuse de son fiancé et, installée mollement dans cette vision d'un intérieur qu'elle dirigerait aux côtés d'un homme qui, sans doute, lui ferait la vie douce et tranquille, elle ne poussait guère plus loin son rêve. Son imagination lui présentait peu les côtés matériels de l'amour; si elle rôdait parfois autour de ces idées, effarouchée, elle s'enfuyait vite car son éducation lui faisait considérer ces nécessités comme viles et méprisables. Ce n'étaient pour elle que des obligations physiques auxquelles il faut se soumettre. Puisque Dieu permettait le mariage, elles étaient évidemment choses licites ; mais, de sens calmes et non éveillés, elle y songeait sans grand trouble et sans curiosité excessive. Elle ne considérait pas d'ailleurs que ce mariage fût pour elle une révolution. Parmi les rares idées que l'éducation conventuelle avait mises en elle, quelques bornes bien plantées, quelques pierres d'angle: la crainte de Dieu, la certitude qu'en vivant chrétiennement, qu'en remplissant méticuleusement les devoirs de la religion, on ne saurait aller au mal, suffisaient à lui indiquer une route plane et droite; elle s'y sentait dirigée par le fil invisible de sa foi, guidée par la main de ses prêtres, de ses sœurs, de ceux qui jusqu'ici avaient fait de son âme une chose docile et malléable. A quoi bon se soucier d'autre chose?

C'est sans arrière-pensée qu'elle sourit à Monsieur Martin qui arrivait. Pourtant, dans le salon rouge où, sur les fauteuils, de petits voiles de dentelle faisaient des carrés blancs, vieux salon familial, tout plein des souvenirs d'un demi-siècle, de ses travaux de jeune fille, traditionnel et démodé, soigneusement entretenu, où elle sentait vivre les ombres dessiens, où les yeux du capitaine Pretax vous fixaient dès l'entrée, elle éprouva un léger trouble, avec un petit battement de cœur, car elle comprit qu'un autre, qu'un nouveau venu, un étranger s'installait parmi ses chers souvenirs... Elle aimait sans doute son futur mari, comme il est naturel qu'une jeune fille ignorante aime le premier jeune homme qu'on lui présente, quand tous les siens sont d'accord et qu'il n'a rien de déplaisant. Malgré cela, elle ressentait une certaine appréhension, la crainte instinctive de la vierge devant le mâle ravisseur, la gêne d'une pensionnaire de couvent devant un être de sexe différent. Elle en avait si peu vu, et il est si facile de se damner !

Mais Georges Martin était doux et paraissait timide. C'est avec un peu d'embarras qu'il entra dans ce salon, car il avait peu fréquenté le monde. Un vague respect mêlé de quelque trouble retint ses pas sur le large tapis de haute laine, lorsqu'il aperçut la croix de la Légion d'honneur dans un cadre, l'étagère garnie de bibelots, le piano drapé de vert, et le grand crucifix d'ivoire qui semblait si douloureux sur le fond sanglant où il étendait les bras.

L'attitude de madame Varnier-Pretax n'était pas destinée à donner de la familiarité au logis. Assise au bord de sa chaise, elle s'efforçait cependant d'être aimable. Elle parlait en phrases arrondies, qui semblaient faire le gros dos. Malgré cela, le dernier mot prononcé, sa bouche se pinçait comme un porte-monnaie qui se referme et elle semblait attendre, patiemment, qu'un autre interlocuteur dît son couplet... Martin répondait à peine ; de froids silences enserraient la conversation, comme des banquises.

Anne parlait peu. Ses yeux allaient de la fenêtre, où grimpaient des vignes vierges, au grand christ blafard. Parfois elle se levait brusquement ; la tante venait de dire :

— Anne, va donc à la cuisine voir si Marthe surveille bien le poulet.

Martin regardait, du coin de l'œil la taille fine et la jupe qui disparaissaient dans l'embrasure de la porte, et il ressentait en lui le délicieux émoi de l'homme à qui une vierge est promise.

De nouveau le silence retombait comme un rideau pesant. Le jeune professeur se sentait dans un de ces moments pénibles où nulle parole ne peut s'élever du fond de la pensée. Rien, absolument rien ne jaillit de la cervelle : c'est le supplice du vide.

Un coup de sonnette retentit. Ce fut une diversion. Le visage d'Anne s'illumina. Madame Varnier releva la tête et, dans l'attente, sa bouche s'ouvrit.

— C'est monsieur le curé, dit Anne. J'ai reconnu son coup de sonnette.

Il semblait qu'un nuage eût disparu ; le salon s'éclaira. Martin, bien qu'il fût un médiocre observateur, surtout en ce moment où son esprit parvenait difficilement à se fixer, en fut étonné.

Mais Anne s'était levée et, impatiente, regardait à la fenêtre. Toute joyeuse, d'une voix gaie que Martin ne lui connaissait pas, elle s'écria :

— Oui, c'est lui !

Une rapide impression de gêne serra le cœur de Georges. Anne s'était précipitée vers la porte. On entendait, dans le couloir, une voix d'homme dont la forte basse était adoucie par l'habitude de la chaire. Madame Varnier, par politesse, n'osa quitter son fauteuil, mais son index frottait fiévreusement son pouce, et son nez se tournait vers les voix du dehors. Avant même que la porte fût ouverte, elle était levée.

En s'effaçant, Anne laissait entrer M. le curé de Chilleurs qui inclinait profondément sa tonsure devant madame Varnier et se confondait en paroles marmonnées à mi-voix comme une oraison. Et, toujours à demi courbé, il offrit, avec une politesse faite de paroles onctueuses, de gestes souples et d'un mélange singulier d'humilité, de respect et de réserve un peu froide, ses vœux à Georges Martin, qui s'inclina.

Mais, sitôt assis sur le canapé, l'abbé Marmont, renversé en arrière, laissa voir par son attitude qu'il était un familier de la maison.

— Permettez-moi, monsieur, de vous féliciter de votre choix. Mademoiselle Pretax est la jeune fille accomplie. Elle a vécu sous l'aile de l'Église et sous la direction d'une des plus respectables personnes que je connaisse, madame Varnier-Pretax. Ce sera la femme du foyer, l'épouse et la mère chrétienne. Soyez sûr qu'elle saura faire le bonheur et le salut des siens... Monsieur, permettez à un vieil ami de la famille de vous souhaiter à tous deux toutes les prospérités que vous méritez.

L'abbé Marmont débita ces phrases de sa voix arrondie où les notes basses, volontairement caressées et prolongées, chatouillaient délicieusement le cœur de ses dévotes. Puis, avec un sourire, il écouta M. Martin qui répondait par une phrase polie.

C'était un homme de cinquante ans environ,

au masque régulier mais un peu plat, où le nez aquilin et les yeux rapprochés semblaient perdus dans une figure trop large, aux maxillaires trop forts. Une expression d'énergie, qui venait de son nez busqué, de ses yeux bleu d'acier, perçants, de son front un peu bas, garni de cheveux abondants, donnait à cette physionomie, où se trahissait l'origine paysanne, un caractère assez rude et même assez altier.

« Une tête de paysan beauceron qui, dans sa ferme, ferait filer doux tout le monde, » se fût dit Martin si, en ce moment, toute pensée ne lui eût été défendue.

Les paroles s'échangeaient, plus rapides. Il semblait que, depuis l'arrivée du prêtre, il y eût, dans l'air, un fluide plus vif et que la gêne fût dissipée. Les deux femmes causaient ; des sourires accentuaient même les petites rides de madame Varnier et sa bouche s'entr'ouvrait par moment. Anne regardait l'abbé Marmont avec des yeux plus animés et maintenant souriait à son fiancé.

— Aurons-nous monseigneur à la Communion ?

— Est-ce vrai que le petit Paudoux ne confirme pas ?

— Dites, monsieur le curé, croyez-vous que je doive écrire à Paris pour trouver un taffetas pareil à celui de la bannière de la sainte Vierge ?

Et les papotages continuaient : et la sacristie, et les places du chœur, et les bonnes œuvres de monseigneur, et par-ci par-là une égratignure à des amies, tout cela défilait, défilait. Les deux femmes, assises de chaque côté du curé, s'adressaient à lui, parfois en même temps, le visage animé, les yeux brillants, s'interrompant l'une l'autre, tandis que, au fond du canapé, les deux mains croisées sur le ventre, il s'abandonnait. Cela ne dura que deux minutes ; mais Martin, stupéfait, regardait sa fiancée qu'il n'avait jamais vue aussi vivante. Une pointe de souffrance se glissa en lui, avec l'envie de dire son mot, de ramener sur lui l'attention. Il voulait sa part des sourires de la jeune fille. Il chercha l'occasion de river son regard au sien, mais les yeux de sa fiancée fuyaient, passaient devant les siens sans s'arrêter... Il voulut tousser, commença, puis, jugeant que c'était impoli, s'arrêta brusquement — et ainsi ce simple bruit eut l'air de ce qu'il ne souhaitait pas, c'est-à-dire d'un rappel aux convenances.

L'abbé s'en aperçut sans doute, car, se tournant vers Martin, il dit :

— Nous sommes bien bavards ! C'est que, voyez-vous, il y a quelques jours que je n'ai pas vu madame Varnier et longtemps que mademoiselle Pretax est absente... Mais vous, monsieur, à Pithiviers, vous êtes dans un milieu plus vivant que le nôtre, et ces papotages de campagnards vous intéressent peu... Un collège est un centre d'activité spirituelle... intellectuelle, veux-je dire, rectifia-t-il avec quelque malice.

Georges, qui, comme les professeurs, retrouvait vite son aplomb quand il parlait, saisit l'occasion de briller et développa agréablement quelques aperçus sur le caractère pithivérien et sur l'ennui du fonctionnaire garçon dans une petite ville.

M. le curé opinait par politesse, et, de temps à autre, ses sourcils se levaient en même temps que sa tête s'inclinait ; et cela voulait dire :

« Charmant, tout à fait, cela ! »

Mais madame Varnier avait filé à la cuisine et Anne, pour qui il parlait, écoutait, de son air absent.

— Si nous allions au jardin, dit-elle, en attendant maître Bouvier ?

Ils se levèrent tous et suivirent les allées où, grâce à la température, les rosiers avaient gardé quelques feuilles et les géraniums piquaient çà et là des taches sanglantes.

Anne était à côté du prêtre qui, sans chapeau, ample, le geste large, pérorait, tandis que lui, Martin, mince et fluet, s'en allait derrière, en serre-file. Et, de nouveau, le même agacement le saisit, d'autant plus qu'il ne pouvait le traduire par aucun acte, qu'il cherchait, sans la trouver, la parole polie et blessante à la fois qui ferait sentir à ce curé qu'enfin, lui, Georges Martin, il était bien quelque chose ici !

Une phrase bondissait dans sa tête, frappait aux barreaux, prête à s'échapper :

« Par ma foi, monsieur le curé, on croirait bien que c'est vous, le fiancé ! »

Une énorme envie de grosses impolitesses lui gonflait la poitrine : dire un mot cinglant ou bien partir, comme ça, tout d'un coup, faire un éclat, n'importe quoi !...

Puis, l'instant d'après, la raison rentrait en lui ; il se jugeait ridicule, presque jaloux — sans vouloir bien se l'avouer. Et il renfermait en lui-même toutes les harpies jalouses prêtes à mordre.

La jeune fille venait de cueillir une dernière rose. D'un geste gracieux, elle l'offrit au jeune homme qui se transfigura. D'un coup, sa poitrine bourrelée se dégonfla et il oublia tout, avec un rapide remords de sa mauvaise humeur.

Il éprouva même aussitôt le besoin d'être aimable avec l'abbé Marmont.

Mais maître Bouvier arrivait — en retard, comme d'habitude — petit, maigre et voûté, avec une moustache rare, une mâchoire légèrement prognathe et un front d'hydrocéphale. Mâchant ses paroles, hargneux, grincheux, il était craint des paysans qui avaient, au demeurant, grande confiance en lui. Sa marotte était l'agriculture.

— Les gens sont bêtes, dans ce pays-ci... S'ils savaient tirer parti de ce qu'ils ont ! Ainsi, moi, si j'étais cultivateur !...

C'est ainsi que commença l'entretien, les banalités habituelles échangées. Il continuait ses doléances lorsqu'on passa à table.

Le prêtre récita le *benedicite* que Martin suivit, avec la petite gêne qu'on éprouve toujours dans un changement de milieu. Mais ce fut si vite expédié, comme un hors-d'œuvre, qu'il n'y pensa plus un instant après. La conversation s'engagea, moins spéciale que le matin et, cette fois, chacun y prit part. Anne, toujours distante, ne souriait guère que lorsqu'on s'adressait à elle : peut-être n'écoutait-elle pas toujours. L'abbé Marmont, qui volontiers liait commerce avec les idées générales, abordait par moment la sociologie et la politique, et il y apportait l'esprit traditionnel de l'Église : la religion seule donne à la vie individuelle, par conséquent à la famille, par conséquent à la société, une base solide ; la vraie science doit s'incliner devant la religion, qu'elle ne contredit pas d'ailleurs... Georges, de temps en temps répliquait, sans grande ardeur, heureux d'avoir Anne à côté de lui, tout occupé à lui plaire, joyeux du joli geste de tout à l'heure et si loin des controverses qu'il était toujours prêt à approuver, d'un hochement de tête, les discours des convives. D'ailleurs, il était dans un de ces moments d'apaisement qui succèdent aux petites souffrances de l'âme. De la joie pétillait et moussait en lui, et il se sentait le besoin de plaire à tout le monde — à l'abbé Marmont auquel il répondit par quelques arguments spirituellement présentés, uniquement pour l'honorer d'une discussion courtoise, et dont il écouta avec complaisance les phrases mesurées, accompagnées d'un geste qui semblait arrondir la période.

— Les gens sont bêtes, reprenait de temps en temps le notaire — tout en leur prêtant des affirmations absurdes qu'il réfutait sans peine ; et Georges convenait facilement qu'un

notaire, qui était en même temps le tuteur de sa fiancée, avait certainement raison et concentrait en lui toute l'intelligence du monde.

C'est au milieu du contentement général que la fin du dîner arriva. La chère avait été bonne et la grosse Marthe, en pinçant les lèvres, apportait des desserts savants qui, la veille, avaient absorbé l'âme de madame Varnier-Pretax. Martin était heureux. La vieille salle à manger au buffet luisant et sombre, les rideaux lourds, la suspension dorée et pesante, une table gaiement fleurie avec des cristaux brillant sous les lumières, le carillon des verres et des cuillères, une légère fumée de vins généreux dans laquelle s'évanouissait la froideur du début, un prêtre aimable, en somme, une vieille dame un peu engoncée dans sa religion, c'est vrai, mais qui réussissait bien les crèmes, un vieux notaire cocasse, et surtout une jeune fille grave, aux yeux d'orientale, à la gorge rose dans les dentelles, un charme complexe fait de bien-être, de gaieté et d'amour, un peu d'illusion, beaucoup de rêve, une légère ivresse de la pensée et des sens, tout contribuait à lui faire voir la vie sous des apparences de raffinement, de luxe, de bien-être et de joie, à l'enchanter par des visions d'intérieurs élégants, parfumés de fines odeurs, où évoluait, avec des gestes gracieux, une femme qui était à lui. Aussi ce fut avec une larme toute prête à glisser qu'il passa sa bague de fiançailles au doigt de la jeune fille, et qu'il écouta la courte homélie de l'abbé. Le cœur tout serré d'émotion, il effleura le front de mademoiselle Pretax. Et, attentif à paraître recueilli, il entendit les grâces avec la gravité d'un croyant.

Il se faisait tard déjà. Les invités de madame Pretax manifestaient l'intention de se retirer. Anne, comme il convient, avait fait voir son talent au piano. Mais la conversation du notaire s'asséchait.

— Les gens sont bêtes ici... — Et d'une moue dédaigneuse il avançait sa mâchoire prognathe... — Ils vous habituent à vous coucher tôt... A Paris, au moins, on vit la nuit.

Et il bâilla dans sa main, car il était onze heures.

Cependant Martin s'était isolé dans un coin avec Anne. Le prêtre les regardait. Georges, dans sa redingote serrée, paraissait mince et fluet ; ses yeux bleus, un peu rêveurs, étaient très doux. L'expression de sa physionomie était celle qu'on rencontre fréquemment chez les professeurs : un air sérieux, parfois sévère, qu'exagère le lorgnon et le port de la barbe. Mais ses cheveux frisés, indociles, son teint clair de blond, rougissant facilement, le faisaient paraître très jeune, bien qu'il atteignît la trentaine. Dans l'animation du regard à la moindre discussion, on devinait un être facilement vibrant, aux prompts enthousiasmes.

Tourné vers Anne, il cherchait les yeux de sa fiancée. Elle, les lèvres un peu serrées, les paupières voilées, semblait regarder le sol.

— Vous m'aimez, mademoiselle ? dit-il à mi-voix.

— Oui. Ne vous l'ai-je pas dit déjà ? répondit-elle sans qu'un muscle de sa physionomie bougeât, les yeux à terre.

— Pourquoi ne me regardez-vous pas ? J'aimerais à voir vos yeux. C'est monsieur le curé qui vous gêne ?

Elle releva la tête, étonnée :

— On croirait presque que vous lui en voulez d'être de nos amis.

Monsieur Martin s'enhardit, d'autant que le curé et le notaire étaient en vive discussion sur la greffe des rosiers.

— Pas le moins du monde, répliqua-t-il en souriant.

Et il ajouta, d'un ton de badinage :

— Je souhaite seulement mériter vos petites attentions autant que lui.

— Je respecte beaucoup l'abbé Marmont. Je suis chrétienne et pratiquante, vous le savez.

— Ce qui veut dire que je ne le suis pas...

— Ne dites pas cela, reprit-elle vivement. Vous êtes chrétien, puisque vous avez été baptisé. Vous l'êtes, ajouta-t-elle avec plus de force.

Elle regarda du côté du prêtre, comme pour trouver un appui ; mais il était ailleurs.

— Sans cela, d'ailleurs, notre mariage n'aurait pas été possible. Vous êtes un chrétien tiède, voilà tout... Vous changerez peut-être. . Ne me dites plus ce que vous venez de me dire... D'ailleurs, l'abbé Marmont a été très favorable à notre mariage... Je le conserverai comme confesseur, ajouta-t-elle après un instant.

De nouveau, Georges sentit comme une fine aiguille lui traverser le cœur. Y aurait-il cet homme entre lui et sa femme ? Il se leva à demi, brusquement, puis se rassit, heureux qu'on n'eût pas remarqué ce mouvement impulsif.

Elle le regarda cette fois ; ses yeux s'ouvraient tout grands sur les siens — et alors il sentit cet oubli de tout qui, dans des regards aimés, noie les croyances, l'intelligence et la volonté.

Et l'abbé Marmont, ayant levé la tête, dit à madame Varnier-Pretax, qui sourit à sa manière, c'est-à-dire en pinçant les lèvres :

— Ce sera un ménage uni. Elle en fera ce qu'elle voudra.

Chacun prit bientôt congé. Frémissant, Georges embrassa sa fiancée toujours calme. Puis il partit, la tête bourrée de pensées désordonnées qui, au grand air, se résolurent en cette idée claire :

« C'est chose faite... Voilà ma vie engagée. »

Les rues étaient désertes. Seuls deux amoureux disparaissaient dans une venelle, les lèvres aux lèvres. De voir cet amour satisfait et plein, alors que la nuit et l'espace le séparaient de sa fiancée, il ressentit une souffrance. Malgré lui, il revint sur ses pas. Une fontaine pleurait à ses pieds. Stupidement cloué au sol, il contemplait l'eau fuyante. Puis il haussa les épaules... Les amoureux repassaient, toujours enlacés... Il se remit à marcher, plein de grands élans vagues... Son cœur maintenant se fondait dans l'amour. Il voulait voir, de nouveau, cette maison où dormait sa fiancée.

La vieille demeure apparaissait, tache noire entre les hauts sapins. Il approcha. C'était bien la fenêtre de la jeune fille. Un peu de lumière filtrait derrière les persiennes, et parfois une ombre passait. C'est là qu'elle allait s'endormir. Il soupira. Le ciel était clair et quelques souffles égarés dans cette nuit d'automne exceptionnellement douce couraient sur les feuilles qui descendaient à petit bruit dans les allées.

Derrière cette fenêtre, elle reposait, dans un lit blanc, et le dernier souffle de sa prière flottait dans l'air pur de la chambre aux lambris clairs, parmi le buis bénit et la naïve candeur des images de piété.

— Les étoiles, de là-haut, la protègent... Un ange jette sur son front l'ombre légère des rêves ; tout le peuple des saints, tous les héros de la légende dorée forment autour d'elle un cortège d'innocence. Son cœur repose ce soir dans le cœur immense de Jésus. Dieu garde pour moi cette vierge ! Et moi je ne crois pas... et je ne partagerai jamais cette foi candide, songeait Georges, les yeux dilatés dans l'obscurité. Ne pouvoir jamais entrer dans ses rêves, goûter ces élans religieux de l'âme autrement que par le jeu déprimant de l'imagination, pareil au mouvement d'une machine qui tourne à vide ! Sans doute, elle vient de s'endormir en priant pour moi. Elle associe dans son cœur l'image de Jésus à la mienne — son amour pour Dieu à son amour pour moi... Ces sentiments se confondent et, en quelque sorte, je suis aimé ce soir d'un amour divin. Je partage avec Dieu, se dit-il en souriant de ses subtilités...

Puis, tout en marchant, il se mit à rêver encore, les yeux pleins de l'image de cette en-fant qu'il connaissait à peine il y a un mois et qui, d'un seul coup, avait pris une si grande place en sa pensée. Dans son amour, il la para de toute la poésie virginale qui, de son cœur, montait à son imagination de lettré, et, tour à tour, elle fut Nausicaa, la fiancée du cantique, Béatrice ou Aricie, la canéphore gracieuse au bord des fontaines — cette jeune fille simplette qui dormait là-haut et qui eût, sans doute, difficilement compris l'exaltation de son fiancé.

I

Les premiers beaux jours avaient jeté sur la Beauce des parures vertes. L'immense plaine grise et jaune de l'hiver, morne à serrer le cœur avec ses horizons bas où la pluie fouette les guérets, avec ses routes sans arbres, ses fermes qui tournent le dos au passant, commençait à sourire au piéton. Chaque jour, elle se fonçait davantage. Des ombres avaient d'abord couru dans les gazons, au bord des chemins où frissonnent les tiges naissantes des frêles graminées; maintenant les blés couvraient le sol, et sur d'immenses nappes fraîchement roulées on voyait déjà les feuilles ténues des betteraves sortir de terre en lignes régulières.

Peu à peu, sous l'appel incessant des pluies qui frappaient le sol, la croûte épaisse des glèbes s'était soulevée; l'effort des germes engourdis brisait leur cercueil d'argile et le blé ressuscitait en une magnifique végétation. Pas un coin qui maintenant ne fût couvert d'une épaisse verdure : creux des fossés, bords des routes, raies des champs, tout était d'un vert profond, vigoureux, presque sans nuances. Par endroits éclatait l'incarnat d'un champ de trèfle, broché, sur fond vert, des points de feu des coquelicots. Une vie végétale plantureuse, envahissante, régnait. Et l'immensité de la plaine, la succession sans fin des cultures où, dans le débordement vert, les fermes blanches semblaient échouées, donnaient une impression de richesse pleine, féconde et monotone : paysage plantureux, où l'on sentait partout la volonté de l'homme et auquel les bâtiments neufs, les distilleries, les laiteries, ajoutaient un caractère artificiel, industriel et opulent.

Le ciel du soir, vaste et lumineux, jetait sur ces immenses espaces des poudroiements d'or, des caresses de lumière qui s'accrochaient aux moindres reliefs, à l'arête d'un chemin, à la tête d'un orme bossu, aux écorchures des récents labours. Des tours et des clochers sortaient du sol au milieu des végétations et il semblait que bientôt les routes, les arbres, les villages dussent être submergés par la marée montante des moissons.

Martin-Pretax revenait, avec sa jeune femme, par la route de Malesherbes. Devant eux, Pithiviers barrait l'horizon. Assis sur un éperon, à la jonction de deux vallées, ceinturé de vieux ormes et de remparts, il élevait sur l'horizon plat l'écran de ses toits, de ses jardins, de la vieille collégiale de Saint-Georges et, dominant le pâté des maisons, la masse de l'église Saint-Salomon dont l'aiguille ténue écorchait les nuages. C'était, au milieu de l'uniformité des cultures, un moutonnement d'arbres, un large îlot de verdures variées, un élargissement de la ligne des peupliers de l'Œuf, pareille, de loin, à un écheveau sombre jeté à travers les plaines beauceronnes.

C'est dans cet îlot de pierres et d'arbres qu'il vivait, dans un pauvre coin de cette petite ville, perdue parmi les campagnes monotones aux routes infinies. Assis auprès de sa femme, au revers d'un fossé, il regardait ce spectacle. Par moment, il essayait d'éveiller en elle les effluves de poésie que dans son cœur faisait passer le souffle printanier. Il évoquait le charme des champs, embellissant dans son imagination le paysage banal que le soir et la douceur de la saison idéalisaient. Elle répondait docilement, sans peut-être écouter beaucoup les paroles de son mari, approuvant presque toujours, un peu distraite ou préoccupée de petits riens, puis par moment, dans le silence, elle prononçait quelques mots relatifs aux nouvelles de la ville, à des conversations de salon, qui rompaient, comme des pierres dans une eau calme, le cours des rêveries de Georges.

Martin parlait peu d'ordinaire. Les mots, en ce moment surtout, eussent troublé ses pensées qui glissaient calmes, reflétant de beaux rivages. Il était impossible qu'aucun terme correspondît à la fluidité de ses rêves, et, de les exprimer, l'enchantement des images et des souvenirs eût été rompu par une brusque déchirure.

Mais Anne prononça quelques paroles relatives à madame Varnier et cela suffit pour changer le cours de ses pensées. Il se laissait aller maintenant à des souvenirs récents. Il songeait aux premiers temps de son mariage, à la tante, importante et sévère régente, qui avait l'air de sacrifier un trésor en donnant un mauvais meuble; aux visites du prêtre, à tout ce réseau de paroles, de rites, d'offices dont son mariage avait été entouré, de telle façon qu'on lui donnait une femme en la retenant par mille liens. On la lui prêtait pour ainsi dire. Sans cesse, depuis lors, il avait senti autour d'elle, autour de lui, des influences occultes, des entraves à ses mouvements, soit par suite de la tutelle de la tante, des habitudes pieuses de sa femme, de ses relations avec le couvent ou avec le prêtre.

Mais il jeta un coup d'œil sur elle. Transparente, la dentelle laissait voir, doucement estompée, la peau douce et blanche, et la gorge soulevait le corsage. Sous le tulle on apercevait la rondeur des bras. La taille se cambrait sur les hanches pleines, et, sous un chapeau clair, le visage avait des douceurs ambrées. Georges, les yeux largement ouverts, la couvait : quelle belle chose que d'avoir ainsi près de soi cette fleur de vie qu'est une femme aimée — ce regard limpide, ce souffle frais, ce corps souple et nerveux, ce front, ces yeux si doux au baiser, où l'on cherche et, peut-être, imagine l'âme — de la sentir toute à soi dans ce décor de printemps, au milieu de la montée des sèves et de la fécondité de cette terre qui elle-même, forte et génératrice, se gonfle de toutes les puissances de la vie ! Et la meute joyeuse de ses désirs s'abattait sur cette chair jeune...

Mais, malgré tout, il sentait un peu de colère de savoir qu'il y avait chez Anne des choses qui n'étaient pas lui, que sa pensée ne renfermait pas complètement celle de sa femme, dont l'esprit avait des directions étrangères au sien. Il pensait à deux fleuves qui couleraient côte à côte, séparés par une digue et dont les flots ne se mêleraient pas... Et peu à peu, dans le silence, sa pensée devenait plus bruyante, s'échauffait seule, grondait de petites rancunes, de menues jalousies inavouées qui le jetaient dans un état de souffrance nerveuse, d'impatience mal contenue ou de mauvaise humeur comprimée.

Juste à ce moment, elle se tourna vers lui. Était-elle émue aussi par la nature printanière? Quelle pensée gisait dans ces yeux sombres ouverts sur la vallée ?

Au loin, une cloche tintait. Un souffle parfumé de fleurs de tilleul alourdissait l'air. Des insectes, ivres, se heurtaient aux graminées tremblantes. L'horizon s'assombrissait lentement et l'immense plaine recevait silencieusement l'adieu du soleil. C'était une de ces heures singulières où, dans la tiédeur du printemps succédant à l'engourdissement hivernal, on se sent comme enraciné à la terre, on vit de sa vie sourde et forte, où l'on se résorbe dans le sein universel. Il attendait une réponse à sa pensée.

— C'est le Père Domange qui fait le sermon ce soir, dit-elle.

Il eut malgré lui un geste de dépit et ses doigts se contractèrent. Il ne put s'empêcher de répondre :

— Laisse donc ton Père Domange. La nature vaut bien ton église! C'en est une, d'ailleurs. Regarde donc cette vallée fleurie. Est-ce beau ? S'aimer et vivre... ça, le Père Domange ne sait pas ce que c'est !

Elle ne répondit pas.

— Tu n'y vas pas à ce sermon? dit-il d'une voix qui tremblait un peu, en faisant presque de son interrogation une prière.

— Pourquoi n'irais-je pas? Je serais là seule! Le prédicateur est très bon. Madame Poitrinal a orné elle-même l'autel de la Vierge... Tu n'as qu'à y venir avec moi...

C'était l'éternelle question.

II

Dès le début du mariage, elle s'était posée. Le matin de leur premier dimanche, Anne s'habillait pour aller à la messe et, tout fier d'avoir à lui cette jeune femme, il la regardait avec amour.

— T'habilles-tu ? lui dit-elle.

— Et pourquoi?

— Mais, et l'office?

Il ne répondit pas aussitôt. Attendri, il se mit à rêver. Les souvenirs des nuits de leur amour tout neuf lui revenaient par bouffées. Depuis quinze jours seulement, elle était sa femme — elle était femme. Durant leur court voyage de noces, il l'avait accompagnée aux offices dominicaux. Mais ici, il ne le ferait pas. Il sourit de la mine narquoise de ses collègues qui verraient Georges Martin, converti par son épouse, s'en allant dévotement vers l'église, un paroissien sous le bras. Cependant il ne voulut pas la heurter. Il se sentait tout plein de cette vague tendresse protectrice, un peu paternelle, de l'homme de trente ans pour une femme aimée, quand celle-ci est une enfant qui ignore tout de la vie. Ne venait-elle pas de lui faire le plus beau don? Fallait-il amener un nuage sur son front?

— Non, ma chérie, pas aujourd'hui... J'ai trop de travail. Si nous voulons sortir ce soir, surtout, il faut que je liquide tout cela.

Et il montrait une pile de papiers.

— Ce soir, il y a vêpres à trois heures, puis le salut.

Et elle sortit. Puis elle revint un instant après.

— Pourquoi ne m'accompagnes-tu pas?

Ce fut toute une discussion, dont il se tira, pour ne pas trop la contrarier, en lui disant :

— Une autre fois. Il ne faut pas trop me demander.

Cette scène s'était renouvelée à peu près chaque semaine. Les trois quarts du dimanche, il restait seul, abandonné dans son cabinet de travail, alors qu'il eût tant aimé rôder dans la campagne, courir avec elle les roches de Malesherbes. Son imagination vive lui montrait en tableaux enchanteurs tout ce qu'auraient pu donner de joies ces moments que lui dérobait le prêtre... Il trompait son ennui en accrochant des tableaux, en plaçant des meubles, et il jouissait par avance de la surprise de sa femme quand elle rentrerait. Dans la joie de son retour, il en oubliait son absence.

Puis il attendait beaucoup du temps. Il comptait sur son influence journalière, sur la désagrégation lente de ce vernis religieux au contact de la vie. Combien il en connaissait de ces jeunes filles qui, femmes, étaient tout autres que ce qu'elles avaient promis! Jeux de tennis, départs alertes et un peu cascadeurs vers le parc de Bellecour, airs évaporés, chic parisien, skating dans la poussière du Jardin d'hiver, snobisme attendrissant d'ingénuité — ou bien mois de Marie, reposoirs, crèches de Noël et cantiques — tout cela, peu à peu, autour de la jeune femme, tombait comme une peinture qui s'écaille, et de la vingtième année mondaine ou mystique sortait une trentaine mûre et rassise : tricot, enfants, ménage et confitures... Loin de lui la pensée de ravaler sa femme aux besognes matérielles; au contraire, il espérait l'amener à partager ses préoccupations, à s'en faire une compagne intellectuelle.

Ils en étaient d'ailleurs aux premiers moi, du mariage, aux enchantements de découvertes aux timidités, aux pudeurs, aux curiosités un peu inquiètes de deux êtres qui ne se connaissent guère, qui craignent de se heurter — et peut-être aussi de découvrir l'un chez l'autre des horizons inconnus, hostiles à leur bonheur. — Le voile charmant de l'illusion embellit jusqu'aux moindres paroles, cache les maladresses, les gaucheries, les imperfections. Une puissance dominatrice, dont ils ne sont que les instruments, les pousse par l'épaule. Un peu de mystère flotte autour d'eux. Réveils étonnés et rieurs, fièvre des soirs, fenêtres béantes dans la nuit, attentes immenses devant l'infini étoilé, exaltations de l'esprit et du cœur: Georges, vibrant et nerveux, se jetait dans son amour comme dans un gouffre... Il lui semblait ne jamais pouvoir assez aimer cette femme. Il la couvait toujours du regard, prêt à la manger de baisers, la serrant dans ses bras pour un rien, sans cesse autour d'elle, sur ses pas dans l'appartement, soupirant au moment de partir, se hâtant de quitter le collège dès que la cloche avait sonné, sans rien voir dans la rue qu'une silhouette brune et des yeux calmes.

Elle, paisible, heureuse cependant d'être aimée ainsi, s'étonnait un peu des ardeurs de son mari qui s'accordaient mal avec sa propre nature. C'était pour Georges une de ces petites blessures insignifiantes que ressentent si bien les nerveux, une de ces piqûres profondes qui vous jettent une seconde, un dixième de seconde, dans un abîme de douleur et que dissipe un sourire, un regard, un mot — lorsqu'elle ne répondait pas à ses agaceries, à ses taquineries puériles d'amoureux, quand, de sa voix tranquille, elle disait :

— Sois donc plus raisonnable.

Il épiait alors son visage, cherchant à y lire son sentiment, étonné de ne pas la sentir à l'unisson, mécontent d'elle et de lui, froissé dans sa délicatesse de sensitive.

— Dis-moi que tu m'aimes plus que tout, dit-il un jour.

— Il ne faut rien aimer plus que Dieu... Après Dieu, oui...

Il se retira d'elle brusquement, dégagea son étreinte. Puis, tout haut, il se mit à rire de sa jalousie contre Dieu.

Elle parut froissée. Il le sentit et voulut la rassurer. Des mots, des raisons se battaient dans sa cervelle, prêts à jaillir — mais il les retenait encore. Pourtant, poussé par une vague pointe de jalousie, incisif, jouissant de l'embarrasser par des questions captieuses et de lui rendre la petite souffrance qu'il venait d'éprouver, il ne put cependant s'empêcher de dire :

— Ça n'a guère de rapport. Dieu, que tu ne vois pas, que tu ne connais que par la parole des prêtres, comment mettre en parallèle cet amour-là avec le nôtre ? On ne peut placer ni l'un ni l'autre au premier plan.

— Sans doute, il n'y a pas de comparaison possible... On ne doit rien comparer à l'amour de Dieu, reprit-elle comme une bonne élève de catéchisme.

— Mais Dieu, Dieu...

Il s'arrêta, ne trouvant pas le chemin par où il pût atteindre la pensée de sa femme... Quel langage lui parler ? Il sentait que toutes les canalisations par où allaient couler ses raisons ne s'en allaient pas vers elle, que jamais il n'arriverait à la convaincre, parce que derrière les mêmes mots il y avait, chez elle et chez lui, des cortèges de sentiments, d'expériences, de faits, qui n'étaient pas les mêmes, et il eut le sentiment, la sensation presque, qu'il se heurtait à l'impossible, au mur, au roc infranchissable d'où son effort allait retomber en morceaux... Pourtant, il parla, pour lui-même, pour que la pensée dont il souffrait pût s'échapper...

— Aimer Dieu plus que tout ! Mais aimer, aimer, simplement, sans réserve, offrir son âme entière à un autre être, n'est-ce pas donner à cette âme l'élan qui l'élève au-dessus de l'égoïsme et de la vulgarité, n'est-ce pas la faire divine ? C'est l'amour qui est divin ! Aimer Dieu plus que tout ? Mais Dieu, quand parle-t-il ? Par ses prêtres. Et si un jour un prêtre, interprétant la volonté de Dieu, opposait à mon amour, à notre amour, l'amour de Dieu, la parole de Dieu — et peut-être la sienne — est-ce que la volonté de cet homme-là passerait avant toute autre chose ? Je ne comprends pas votre amour exclusif de Dieu, votre Dieu jaloux, votre Christ qu'on attend comme un bien-aimé... Dieu, que ce soit la puissance infinie de l'univers, l'intelligence ou l'énergie qui anime les êtres, ce que tu voudras, bien ! Qu'il soit la grande source de pitié, la règle morale qui nous dirige vers la perfection... oui encore. Mais ce Dieu-là n'a pas besoin de votre amour. Il n'a pas besoin des yeux doux des dévotes !

Impatient, les gestes brusques, il avait peu à peu haussé le ton, allant et venant dans la chambre, se parlant à lui-même. Brusquement, il s'arrêta et regarda sa femme.

Immobile, la tête inclinée, les lèvres remuant à peine, elle égrenait un chapelet...

Il se leva et partit, serré, bourrelé de souffrance.

Elle resta assise, leva les yeux au ciel et sourit, contente d'elle-même et d'avoir ponctuellement suivi les instructions de sœur Angélique... A vrai dire, elle s'étonnait de cette sortie, démêlant mal que c'était en somme par un effet de son amour que Georges parlait ainsi. Elle aimait son mari, évidemment ; il eût été contre nature qu'il en fût autrement. Mais, comme les Pretax, elle avait l'esprit rivé à la chaîne des actions habituelles et ordonnées de la vie, incapable des grandes exaltations de l'âme qu'elle comprenait difficilement. Sa religion n'était que l'ordre, le rangement dans sa vie spirituelle. Jusqu'ici tout dans son existence, les petites choses et les grandes, les repas, les voyages, les maladies, la mort des êtres aimés, comme les plus menus soins de l'existence quotidienne, avait été associé à des pratiques religieuses et tout s'était si bien mêlé dans son esprit que le *benedicite*, au même titre que le pain et le sel, faisait partie d'un repas. Son mari, dont les manières la choquaient, pour n'avoir point les mêmes habitudes qu'elle, lui semblait original. Sans doute, il lui plaisait par sa figure sérieuse, par sa nature délicate, ses attentions ; elle l'aimait d'une affection tranquille et large qui se répandait autour d'elle, ainsi qu'une eau calme. De plus elle ressentait pour lui une tendresse un peu maternelle : c'était vraiment un être bizarre que ce Georges ! Qu'il y en avait du désordre dans sa garde-robe de garçon ! que de travail joyeux elle avait fait pour que tout fût rangé !

« C'est un homme de livres », pensait-elle, avec un certain mépris souriant.

Sorti de ses études et de son collège, il ne savait rien et dans la vie pratique se montrait inférieur à elle. Peu à peu elle se faisait de lui un concept qui, comme chez tous les êtres aux idées rares et nettes et aux habitudes solides, devenait un bloc, faisait partie des choses qui, terminées et rangées dans un coin de son intelligence, restaient là pour toujours, sans modifications. Brave garçon, un peu exalté, un peu étrange, excellent professeur, puisqu'on le disait, mais incapable de se conduire seul, dont il fallait régler la vie quotidienne, surveiller la toilette, diriger le budget et la vie mondaine : choses d'ailleurs également importantes. En face de cette nature tourmentée et inquiète, elle pensait représenter l'ordre, la régularité ; elle était la tête du ménage, soutenue par les multiples liens de son entourage dévot, appuyée sur les divines volontés.

Devant les ardeurs sentimentales de son mari, elle restait souvent froide, un peu absente... Elle se montrait attentive à son bien-être, sachant lui sourire, contente de plaire, mais déroutée devant ses accès brusques de mélancolie ou d'ennui.

Le soir de cette petite scène, elle ne paraissait plus guère y songer. Les moindres faits avaient en lui une répercussion profonde et ébranlaient toutes ses puissances d'émotion, mais ils disparaissaient vite de la conscience de sa femme, car ils avaient glissé à la surface. Peu intelligente, elle ne le comprenait pas. Tout meurtri et frémissant, il restait sans mot dire, souffrant atrocement de demeurer silencieux, tout prêt à se jeter aux pieds de sa femme pour lui demander un sourire, tandis qu'une rancune l'empêchait de parler, mécontent de ce qu'elle ne rompît pas ce silence par un mot propice, épiant ses gestes, cherchant à découvrir dans son attitude du dépit ou de la colère.

Elle semblait telle qu'elle était ce matin — ou hier.

Dans la petite salle à manger de noyer ciré, luisante et propre, ils étaient assis en face l'un de l'autre. Lentement, elle commençait à manger, après avoir fait le signe de la croix et remué les lèvres pour un *benedicite* mental. Georges restait immobile, tout gonflé de peine, comme un enfant qui a le cœur gros.

Au bout d'un moment, il n'y put tenir :

— Anne, dit-il.

— Mon ami ?

— Pourquoi ne me dis-tu rien ?

Il envoya rageusement bondir un coussin, furieux de la stupidité de sa question.

— Mais j'attends que tu me parles toi-même, répondit-elle, très absorbée par de menus travaux qu'elle exécutait méticuleusement : casser un œuf, égruger le sel, couper d'exactes mouillettes.

Entre eux, le silence retomba, comme une trappe de couvent.

— Écoute, en voilà assez ! Tu veux me faire la tête à cause de cette conversation de ce matin. Si ça ne finit pas, eh bien !...

Il ne termina pas sa phrase et rageusement se mit à manger.

Et le repas continua ainsi, morne, comme une attente d'orage. Le bruit des fourchettes, le choc d'une assiette faisaient de douloureux bruits dans le silence.

Il rentra dans son cabinet, le déjeuner fini, essayant de travailler sans pouvoir y parvenir.

Soudain il se leva, passa dans la chambre à coucher où paisiblement sa femme s'habillait pour sortir.

— Tu ne m'aimes plus ! cria-t-il.

Elle le regarda.

— C'est cela, dit-elle... Il ne manquait plus que cela ! Tu es fou !

Elle haussa les épaules, serra les lèvres et s'enferma dans un silence hostile.

Mais il ne pouvait en supporter davantage. Il fut aussitôt à ses pieds.

— Je t'aime, je t'aime... Pardon !

Et ses yeux se remplirent de larmes.

Anne, étonnée, s'écria :

— Mais qu'as-tu ?

Elle lui prit la tête et l'embrassa sur le front.

— Allons, va travailler. Et ne sois pas si fou !

Le cœur dégonflé, il se mit à sourire, la serra dans ses bras et couvrit de baisers humides son épaule et sa nuque. Le calme et le bonheur rentraient en lui, à grandes bouffées, tandis qu'elle se dégageait doucement.

Mais, mieux que jamais, elle eut le sentiment qu'elle était au-dessus de lui. Les larmes de Georges lui semblaient un peu celles d'un enfant qu'on sait facile à consoler. Décidément son mari était un enfant. Elle était là, heureusement, pour gouverner la barque ! Tout ce qui était côté matériel de l'existence fut réglé par la jeune femme ; et d'ailleurs avec assez d'habileté ménagère. Elle sut même, sur le conseil de son confesseur, modérer l'invasion du bric-à-brac religieux dont sa tante l'avait abondamment pourvue : médailles porte-bonheur, bénitiers et crucifix, chromos où voletaient de petits anges aux joues soufflées. Il ne fallait pas trop heurter les goûts de son mari !

Celui-ci, d'ailleurs, tout bas, espérait. Peu à peu il essaierait de détourner sa jeune femme de la dévotion étroite, de l'espèce de fétichisme de tante Varnier. L'amener à une religion plus large et plus haute, était-ce donc impossible ? Il ne la heurterait pas, il la dirigerait seulement ; il la ferait plus purement, plus dignement croyante ; il insinuerait dans son âme une religion de plus en plus détachée des pratiques étroites. Un spiritualisme à la Rousseau ne l'eût point choqué, au contraire. Oui, c'était possible ! Elle avait si peu réfléchi dans sa pension ; elle n'avait vu le monde et la vie que par l'étroite fenêtre d'un couvent ! Il lui fallait, pour cette tâche, s'assurer du cœur de sa femme, se l'attacher par tous les liens de l'amour humain — tâche qu'il savait difficile, et qui n'était pas l'œuvre d'un jour... Cette scène ridicule était une fausse manœuvre. Il fallait temporiser ; il patienterait. Et ainsi d'ailleurs il pouvait, sans choquer son rêve à des actes, espérer en l'avenir, différer, se reposer dans un présent qui avait bien des douceurs.

Anne, elle, connaissait encore peu son mari, à ce point de vue. Lors du mariage, elle savait que Georges, comme beaucoup de jeunes gens, ne pratiquait pas, qu'il était indifférent même. Maintenant elle apercevait peu à peu en lui des tendances contraires aux siennes et qu'elle démêlait mal. Comme deux êtres formés différemment se pénètrent avec peine et comme les moindres incidents font naître en eux des filiations d'idées qui divergent ! Aussi elle s'en était remise à son confesseur de la ligne de conduite à tenir à l'égard des croyances de son mari ; le prêtre avait exigé qu'elle n'abandonnât rien de ses pratiques, mais il lui conseilla d'user de patience et de douceur envers Georges.

— Prenez une place chaque jour plus grande dans son existence, enveloppez-le de tous vos actes, lui avait-il dit, en substance. Qu'il voie chez lui la foi et la prière installées à demeure. Soyez une épouse chrétienne, dévouée pour lui... Peu à peu il vous laissera faire sans mot dire. Il s'apercevra que seule, une bonne catholique, peut être une bonne épouse... Alors vous l'amènerez doucement à vous mieux comprendre... Peut-être même le dirigerez-vous vers nous. S'il a parfois quelques impatiences, opposez un front serein à sa colère... S'il entreprend quelque chose contre votre foi, ne vous insurgez pas, mais ne cédez rien. Soyez comme le corps frotté d'huile sur qui tout glisse ; n'agissez jamais par bravade... Amenez-le à voir des prêtres, à leur parler... En somme, il ne nous connaît pas. C'est un homme intelligent à qui manque la grâce. Priez pour qu'elle lui soit donnée !

— Notre porte est toujours ouverte pour vous, dit-elle vivement.

— Oui, mon enfant, la vôtre ; mais il faut que ce soit la sienne. Entourez-vous, entourez-le tout doucement d'amis qui aient de la religion. Peu à peu il s'accoutumera à nos façons de penser. Dieu fait des miracles plus extraordinaires ! Le milieu où votre mari a vécu n'a pas été favorable à l'éclosion du sentiment religieux, mais ce milieu peut se modifier.

Ainsi Anne poursuivait secrètement en sens contraire un but analogue à celui de son mari. Ils conspiraient dans le secret de leur âme l'un contre l'autre. Assis en tête à tête, quand ils restaient silencieux, leurs pensées hostiles se croisaient, sans qu'ils le sussent. Et dans la demeure commune de ces deux êtres qui avaient uni leur jeunesse, leur fortune, leur avenir, il y avait une vaste salle où chacun d'eux pénétrait seul. Les mille détails de la vie étaient les mêmes pour l'un et pour l'autre : réussite des projets, plaisirs, voyages, relations, malheurs et joies ; mais l'angle sous lequel ces choses apparaissaient à chacun était différent et il en résultait un état de guerre dont ils ne se doutaient pas eux-mêmes, parce que, jeunes, ils étaient dans la jeunesse de leur amour, indulgents l'un à l'autre, et que la végétation exubérante de ce printemps leur cachait l'armature même de leur vie.

Georges se remémorait un des épisodes les plus douloureux de leur nouvelle existence.

C'était dans la quinzaine qui précédait Pâques.

Elle n'avait point parlé encore de communion. Georges attendait dans une curiosité inquiète.

Un jour que sa femme travaillait avec une amie, en sa présence, celle-ci dit :

— C'est toujours l'abbé Brault votre confesseur, comme au couvent ?

— Toujours, répondit-elle en tirant l'aiguille, sans trouble.

— J'irai à la fin de la semaine. Et vous ?

— Je ne sais pas encore, répondit Anne... La veille de Pâques, sans doute, ajouta-t-elle, heureuse d'avoir trouvé cette occasion indirecte de faire connaître ses intentions à son mari.

Martin-Pretax, sans rien dire, sortit aussitôt.

Et, soucieux, il resta tout le jour songeur.

— Qu'as-tu ? lui dit-elle. Je le vois, quelque chose qui te tourmente.

— Non, non... des histoires du collège, des élèves que j'ai été obligé de punir, dit-il lâchement.

Elle le sentait dominé par une autre pensée qu'il ne voulait pas dire. Elle se doutait d'ailleurs de la cause de cette taciturnité, et ce n'est pas sans une certaine crainte qu'elle attendait une explication.

Tourmenté, obsédé par cette idée que sa femme était sans cesse dans la main des prêtres, il devenait impatient et nerveux. Mille petits riens lui faisaient découvrir l'influence du directeur de conscience. C'étaient les jeûnes des jours maigres, — dont il ne s'apercevait parfois que le lendemain, — des visites qu'elle faisait de mauvaise grâce ou qu'elle différait, des lectures qu'il n'avait point suggérées, tandis que le livre qu'il avait offert restait vierge — car ce n'était point sans doute un ouvrage permis.

Demain, ce serait la confession... Un homme allait interroger sa femme comme une coupable. Et sur quoi ? sur les choses les plus secrètes de leur vie commune, peut-être ? Il allait mettre la main sur cette conscience — diriger contre lui, peut-être, cet être aimé ? Il lui semblait que c'était polluer sa femme que de saisir ainsi les secrets de son âme. Jaloux et dominateur comme tous les hommes, n'ayant aucun sens de l'humilité chrétienne, il imaginait avec colère l'être qu'il aimait courbé sous une autre volonté que la sienne...

Aimer, posséder et voir l'être cher, l'autre soi-même, s'incliner sous une main étrangère, se dérober, glisser de l'épaule et du torse entre vos doigts impuissants ! Jaloux, oui, Georges se sentait jaloux !

Oh ! l'avarice de l'amant qui regarde le trésor dans son écrin, au milieu de ce décor familier et élégant, de cette chambre claire aux bibelots sveltes ! Sentir que cette œuvre d'art vivante que vous avez enchaînée de toutes les fibres de votre être vous échappe en partie, que cette âme a des prolongements qui ne vont pas vers vous, qu'elle résiste à votre attraction, qu'elle ne se résorbe pas complètement en vous, sentir passer sur votre cœur un petit vent froid d'indifférence, entendre un soupir dont on ignore la cause, voir un signe d'impatience qu'on comprend mal, oh ! que ces menues et fines blessures sont terribles pour l'âme tendre et vibrante de l'homme qui aime avec ses nerfs et avec sa chair !

Il songeait à cet après-midi de confession avec un frisson qui ébranlait ses épaules. Elle était partie vers quatre heures. C'était un jour d'avril, pluvieux et bas, où les sapins du jardin se convulsaient dans le vent comme des âmes tourmentées, laissant voir jusqu'au fond de leur cœur sombre. Le feu mourait dans son cabinet. L'intérieur était chaud, intime. Elle allait et venait, et c'était autour de sa personne la fine chanson des étoffes et des parfums qui enchante les amants.

Légère et souriante, elle lui dit :

— Je sors.

Il tourna brusquement la tête et la regarda. Elle était simplement, mais élégamment vêtue d'un costume bleu sombre qui dessinait sa taille, et coiffée d'une toque de loutre. Un frais parfum de jeunesse et de santé sortait de sa personne soignée. Un flot d'amour monta en lui, une de ces grosses vagues de sentiment qui remplissent la poitrine, prêtes à sortir en épanchements de tendresse et peut-être en larmes.

— Où vas-tu ? dit-il machinalement en fixant sur elle des yeux noyés.

— A l'église. C'est jour de confession.

Ces mots, dans la pièce silencieuse, assourdie par les tentures, se détachèrent, nets et sans timbre.

Il ne se rendit pas compte aussitôt de ce qui se passait dans son âme... Mais ce fut, au bout d'un instant, une souffrance lancinante, comme si une pince tordait en lui, un viscère profond... En un éclair, il vit le prêtre, sa femme agenouillée. Une rage silencieuse lui fit serrer les lèvres et enfoncer les ongles dans ses paumes.

Il leva les yeux sur elle : sereine, elle tend le front, parfumée, charmante... Que dire ? Une tempête ravage sa conscience, bouleverse toutes les avenues de son être, laboure son cœur et il prononce ce simple mot où sonne la douleur :

— Tu m'abandonnes, alors ?

Mais elle ne sent pas la détresse de ce cri, qu'elle prend pour une parole banale.

Elle est partie... Il écoute les bruits familiers. Elle descend... Un coup brusque ébranle la maison : c'est la lourde porte qui se referme... Georges a tressailli : comme un bruit peut retentir douloureusement dans un cœur ! Cette porte le sépare de sa femme. Une partie de lui-même, vive, saignante, s'est détachée, disparaît. Toutes sortes d'images défilent devant lui. Il ressent l'impression terrible des choses fatales, des choses qui sont finies à jamais, et des visions de malheur et de deuil l'entourent. Anne est partie... Elle ne reviendra plus... Il est seul, il se voit traversant la vie, à jamais seul... Anne est morte, — et sa jeunesse avec elle est au tombeau ; il ne reste de lui-même que la loque usée d'un homme qui erre au milieu des livres comme un corps sans âme. Rien ne tient plus à lui ; il est pareil à ce Christ symbolique dont la chair tombe autour du squelette... Anne est partie...

Mais d'un sursaut il s'est levé et ce mouvement a chassé l'essaim des fantômes qui rôdaient autour de lui. Il court à la fenêtre d'où l'on découvre la rue et il soulève le rideau... Elle est là-bas, légère, pimpante...

Elle gravit les marches de la petite entrée, l'entrée de l'abside, celle des vrais fidèles. Il aperçoit à demi son visage qui, de loin, semble souriant.

Il revient à son bureau, froisse des livres. Des copies d'enfant, barbouillées de rouge, sont éparpillées. Il essaie de lire et il s'aperçoit que ses yeux suivent le texte, mais qu'il ne comprend pas...

Devant lui, malgré lui, elle apparaît... Elle sourit au prêtre... L'abbé Brault s'approche ; elle s'assied. Dans le confessionnal, elle est à ses pieds... A mi-voix, son visage près de celui de l'homme, elle chuchote ; il écoute... Elle dit ses actions, sa vie, elle lui livre son âme...

Nerveusement, il a saisi les papiers, les jette à terre, puis arpente son cabinet. Le mouvement l'apaise un peu. Mais l'atmosphère d'une chambre est mauvaise pour celui dont le cerveau bout. Il sort dans le jardin, sous les tilleuls, parmi les parterres où les fleurs s'entr'ouvrent déjà... Machinalement il a cueilli une primevère rose dont il caresse les pétales... Des veines fines et ténues, des colorations d'une délicieuse fraîcheur se dégradent et vont mourir au centre de la fleur... Et voilà qu'il pense à la peau rose et fine, aux fleurs charmantes de la chair... Elle est là-bas... Que dit-elle ? Quels secrets viole-t-elle ? Qu'est-ce que c'est que cet homme ? Sur quelles curiosités malsaines attire-t-il sa pensée ? N'a-t-il pas le droit de lui demander compte de tout, même des plaisirs de sa chair ? Il lui semble qu'un œil lascif regarde ses amours derrière le rideau de son alcôve... Il a feuilleté le *Dictionnaire des cas de conscience* de Jean Pontas ; sa femme répond en rougissant sans doute... Elle s'accuse peut-être de l'avoir trop aimé...

Là-haut, dans la flèche, sonnent les coups de l'horloge... C'est dans sa tête lourde et brûlante qu'ils battent... Mais il aspire un souffle plus vif qui passe dans l'air. Ses pensées s'éclairent un peu.

« C'est idiot... Elle papote des niaiseries sans doute... Une formalité, un rite... Ce prêtre, est-ce un homme pour elle ? Et puis l'abbé Brault est un brave curé... »

Mais le ver continue sa marche, ronge l'écorce d'indifférence dont il voudrait envelopper sa hantise... Non, à l'heure actuelle, sa femme, sa bien-aimée n'est plus à lui. Elle appartient à ce Dieu, à cet homme qui découvre son âme et d'une main experte, indiscrète, lascive, en soulève un à un les voiles, en regarde la nudité... Malgré lui, toutes ses pensées se transforment en images de luxure, et il lui semble que sa femme se livre, qu'elle est adultère.

Sur un banc, il s'est assis, et il écoute les grands coups forcenés de son cœur. Sa chair tremble...

Et bientôt la mesure est comble. La tension nerveuse est trop forte et la rupture de l'équilibre fatale. Comme si son amour fût à jamais perdu, le voici qui pleure, sur lui, sur elle, sur toutes les tristesses de la vie qui, autour de lui, sont venues en cortège innombrable et sombre traîner leurs deuils et souffler leurs mélancolies. La brume descend sur les feuilles mouillées et pourries. Du jardin s'exhale l'odeur fade des choses mortes. Les bourgeons gonflés pleurent sous l'humidité pénétrante, et c'est l'effort entier de la nature qui se morfond et frissonne sous la gangue du froid.

Cependant, voilà six heures... Elle va rentrer... Hâtivement, il sèche ses yeux, honteux de sa faiblesse. Le vers de Vigny lui revient — comme chez bon nombre de professeurs, l'idée se coule dans une citation :

Gémir, pleurer, prier est également lâche...

Quoi ! faut-il s'abandonner ? D'avoir essuyé ses larmes, il semble en avoir tari la source. Il s'est refait un masque, et son âme se modèle sur ce masque. C'est la lutte... Il luttera... Il reprendra sa femme. Il saura dire les mots qu'il faut. Tout à l'heure, il va l'interroger. Et d'ailleurs, n'est-ce pas son droit ? Le premier confesseur de sa femme, n'est-ce pas lui ? Habitué par profession à scruter l'âme enfantine, à conseiller, à diriger, il s'étonne d'avoir abdiqué à ce point.

— Qu'as-tu dit ? que t'a-t-il demandé ?

Il veut savoir, il saura. Ah ! vous voulez lutter, vous voulez une âme ? A nous deux !

Et il se lève, fort, ardent, plein de la nouvelle résolution qui bande son être pour le combat. Dans son cabinet où il rentre, il arpente le parquet, le souffle court, prêt à l'attaque, prêt à la riposte...

Mais voici la porte qui s'ouvre.

Pimpante comme elle est partie, Anne rentre. Elle monte l'escalier. Dans le bureau, une flamme dans l'ombre semble l'âme du foyer qui veille... La soie chante ; une joue fraîche se tend vers Georges ; les yeux calmes le regardent en face et lui sourient...

Il lève la tête, sent l'haleine douce sur son front chaud. C'est fini... sa colère est tombée... Anne est là...

Qu'eût-il fallu pour qu'il éclatât ?... Un geste, un mot, une attitude — un rien... Mais elle a incliné son front d'un geste aimable — et comme s'il ne l'avait pas vue depuis des siècles, il serre ses lèvres sur la peau rose du cou qui frémit. L'âme délivrée, il l'écoute et la regarde...

En ce soir de mai, Martin-Prelax songeait à ce passé récent, à ce passé de deux mois.

Cependant, le soleil peu à peu disparaissait. C'était sur l'immense plaine une douceur de lumière apaisée, qui venait d'un ciel d'une pureté inouïe, où des blocs de nuages violets, aux arêtes vives, coupés à l'emporte-pièce, émergeaient comme des rocs inquiets dans l'immense tranquillité bleue. L'odeur des verdures fraîches passait dans le vent. Sur la pente du val Saint-Jean, les maisons poussaient leur effort jusqu'au bloc sombre de la cathédrale qui jetait sa flèche effilée dans la gloire du ciel...

Ils revinrent.

— Comme il fait beau ce soir, sur cette route, dit-il en serrant son bras contre le sien.

Et de sa voix nette qu'il savait rendre caressante, il dit ces vers de Musset :

Toute femme, ce soir, doit désirer qu'on l'aime.

S'il venait à passer sous ces grands marronniers
Quelque alerte beauté de l'école flamande,
Une ronde fillette échappée à Téniers,
Ou quelque ange pensif de candeur allemande,
Une vierge en or fin d'un livre de légende

Dans un flot de velours traînant ses petits pieds,

Je ne lui dirais rien, j'irais tout simplement
Me mettre à deux genoux par terre devant elle...

— C'est toi que j'ai rencontrée, dit-il.

Elle écoutait sans mot dire, sans trop comprendre, charmée par l'harmonie des mots. Il se pencha vers elle.

— Revenons après dîner, veux-tu ?...

— Après la prière, si tu veux. Mais il sera bien tard... Je ne veux pas manquer le sermon du Père Domange. Je ne comprends pas ton insistance, ajouta-t-elle plus sèchement.

Il se tut, comme si un coup de vent froid eût tout à coup jeté au ras de terre toutes les fleurs de sentiment qui se tendaient vers elle.

— Je te demande ce sacrifice, dit-il, plus pressant.

— Non, cela ne signifie rien. C'est de l'enfantillage. Je ne te demande pas, moi, de sacrifier une réunion ou une conférence... Allons dîner.

Et ils rentrèrent côte à côte, soudain loin l'un de l'autre. Il mesura nettement la distance qui les séparait et il ne put s'empêcher de dire :

— Tu ne m'aimes pas comme je t'aime, Anne.

Après dîner, elle le quitta. Les cloches tintaient dans la nuit amoureuse de mai. Dans le jardin en fleurs, il était seul.

Il n'osait penser au lendemain.

TROISIÈME PARTIE

I

Tante Varnier-Pretax arrivait. Ce matin même Anne avait prévenu son mari qui, depuis ce moment, grinçait de mauvaise humeur. C'était une fois de plus son intérieur régenté par cette femme impérieuse qui s'installait aussitôt chez lui comme chez elle. Anne abdiquait entre ses mains toute autorité et redevenait la petite pensionnaire d'autrefois. Elle s'habillait d'étoffes plus sombres. La maison se peuplait de vieilles dames; il en germait partout.

Le lendemain, après le déballage des clis, tante Pretax remplissait la maison de son clairon de commandement. Bientôt arrivaient l'abbé Brault, madame Fontaine, la présidente des Dames de France, madame Croisier, — toute la société bien pensante de Pithiviers. De vieilles femmes en noir tâtonnaient du pied les marches de l'escalier et venaient égrener dans le salon leurs paroles menues et grelottantes comme les vieilles feuilles qui se posent doucement sur un banc... En rentrant, il voyait s'effacer devant lui la cornette obséquieuse de sœur Dorothée ou le visage poupin de sœur Gertrude... Heureusement sa maison, dans l'étroite rue de l'Abbé-Regnard, n'était pas en vue, sans quoi il eût été gêné par cet afflux de dévotes.

D'ordinaire, tante Pretax demeurait là huit jours, dix jours, le temps de se chicaner avec son neveu, et elle repartait. Mais cette fois le séjour serait vraisemblablement plus long et elle allait devenir, pendant un certain temps, la véritable maîtresse du logis. Car Anne était enceinte, et dans huit jours environ on attendait l'événement.

Depuis dix-huit mois, ils habitaient une petite maison ornée de treilles, bourdonnante comme une ruche, dans un coin de cette rue en escalier qui descendait vers les mails.

— C'est un ménage très uni, disait-on.

Et de fait, leur existence était régulière comme celle des gens du pays. Elle s'en allait tout doucement, du petit pas des bourgeois qui se promènent sur les mails. La jeune femme ne contredisait guère son mari. Elle avait senti la presque impossibilité d'amener Georges à fréquenter l'église et, peu à peu, elle se contentait de défendre sa propre indépendance à cet égard. Puis les premiers heurts s'adoucissaient; l'habitude rendait moins choquantes les petites divergences. D'ailleurs elle se sentait aimée, elle avait vingt ans et cette atmosphère d'amour — bien qu'elle fût de tempérament très calme et même froid — entretenait en elle une sorte d'engourdissement heureux qui n'était pas propre aux grandes effusions religieuses. Du reste, pourvu qu'elle satisfît ses petites habitudes dévotes, que rien ne clochât dans ses relations avec son confesseur ou son ancien couvent, elle acceptait à peu près cette séparation de sa vie spirituelle et de sa vie conjugale, sans se rendre compte que celle-ci faisait un peu de tort à l'autre.

Ils avaient acheté chacun une bicyclette — malgré l'avis de la tante — et Georges considérait cela comme une petite revanche. Anne avait même abandonné quelques-unes de ses pratiques naïves de pensionnaire et elle s'arrangeait maintenant pour que ses visites pieuses se fissent pendant les classes de son mari : de cette façon, il se plaignait moins de ses absences.

Georges, lui, rêvait toujours de la détacher peu à peu de sa dévotion étroite. Mais souvent il manquait de volonté au moment décisif, craignait de causer une peine — et même, égoïstement, de faire fuir un instant de bonheur dont il aurait joui. C'était un homme de velléités. Il s'était rendu compte, d'ailleurs, de la difficulté inouïe de cette tâche. Il avait, avec une indulgence d'amant, étudié l'esprit de sa femme, cherchant à y découvrir des trésors qui n'y étaient point, interprétant une réponse heureuse comme un signe d'intelligence vive et profonde, mettant les pauvretés de pensée sur le compte de l'éducation qu'elle avait reçue. En réalité, les connaissances qu'on acquérait au couvent, il le savait, étaient superficielles ; on les considérait comme gavage pour examen. On y rencontrait de nombreuses définitions, des phrases, des formules ; mais de tout cela ne se dégageait aucune idée, aucune synthèse. C'étaient de petits pots de science, bien rangés dans un placard, mais dont on ne se nourrissait pas. On avait récité l'histoire imperturbablement, paragraphe par paragraphe, avec un petit bout de jugement, qui pendait comme une étiquette, à la fin de chaque règne. Point de vie, point d'émotion, point d'enthousiasmes, point même de bienfaisantes erreurs : la sécheresse d'une collection. Par contre, tout le côté sentimental de la religion était exalté, toutes les puissances d'affection ou de crainte mises en œuvre. Là, on s'attachait à entraîner l'âme, et si certaines natures peu mystiques étaient réfractaires à l'amour subtil de Jésus, restaient les moyens plus matériels du décor religieux, des rites, ou simplement l'exploitation de la peur et du fond de superstition qui résiste à tout chez les femmes, même cultivées. Restait surtout l'énorme force, la plus grande peut-être qui soit, car elle sait se rendre invisible et par conséquent invincible : l'habitude.

Une éducation de ce genre ne peut se modifier par des raisonnements, par des paroles : c'est cellule à cellule qu'il faudrait que l'être fût refait à nouveau. Martin cependant voulait persévérer dans son illusion. Il aimait, de temps en temps, à émettre devant elle les théories scientifiques qui lui semblaient le plus propres à la réussite de son dessein. Anne écoutait, d'autant qu'il se gardait maintenant de heurter de front sa croyance, et qu'il se rappelait toujours la scène pénible des débuts de son mariage... Mais rien ne semblait l'ébranler, et ce qu'il appelait l'idolâtrie religieuse, le tronc de saint Antoine, Lourdes, les miracles, restaient debout, fermes comme une chapelle dédaigneuse bien bâtie sur un roc battu des vents...

Les arguments chez elle venaient difficilement, d'ailleurs. Sans cesse, la moindre de ses pensées rencontrait des phrases banales de catéchisme ou d'instruction religieuse ; et elle les répétait. Les preuves de la théologie la plus terre à terre lui semblaient, à elle, irrésistibles, parce qu'elles faisaient bloc avec toutes ses pensées, qu'elles étaient liées à tout le reste de sa vie, de son être. Elle était muette de raisons parce que ce qu'elle voulait démontrer lui semblait trop vrai, comme s'il eût fallu prouver que deux et deux font quatre.

Parfois, elle voyait un sourire apparaître au coin de la barbe rousse de son mari. Et alors il parlait, parlait, volontiers prolixe comme tous les professeurs. Elle cherchait à répliquer. Elle sentait sa vérité intacte en elle, puissante, invincible ; mais elle ne pouvait la saisir pour l'assener sur ce verbiage.

Alors, boudeuse, ayant le sentiment de son infériorité dialectique, elle se renfermait dans un silence hostile, — puis, parfois, d'un coup de boutoir brusque, elle blessait son mari mal à propos.

Un jour, cependant, elle lui répondit, en écho, sans doute, d'une leçon apprise :

— Oui, mais après tout cela ? Il y a toujours une chose inconnue, une chose dont tu ne sais rien que les effets. Alors pourquoi dire que tu sais ? Et puisqu'il y a une chose inexplicable, pourquoi nier certaines des choses inexplicables ?

Il fut charmé de cette réponse ; il eût voulu continuer ainsi la discussion, mais aussitôt elle retombait à des raisons enfantines, suivant mal les spéculations de son mari, revenant sans cesse à quelques bornes bien plantées : le monde ne s'est pas fait tout seul, — l'âme ne peut pas mourir, car elle n'est pas matérielle, etc.

Une autre fois elle dit :

— Tout cela est fort beau ; c'est ton domaine ; c'est intéressant et la science, comme toutes choses, est création de Dieu puisque c'est l'ordre qu'il a mis dans la nature. Mais la religion ne contredit pas la science... Elles ont chacune leur place, et il y a des gens qui savent très bien accorder tout cela. L'abbé Brault n'est pas du tout ennemi de la science, ajouta-t-elle naïvement.

Il reconnut là une leçon récente. Peut-être allait-il se lancer dans de subtiles considérations quand elle ajouta :

— Et puis, pourquoi ces discussions ? Ne suis-je pas bonne pour toi ? peux-tu me reprocher quelque chose ? Il me semble qu'une épouse chrétienne en vaut bien une autre. Et. Dieu ne commande rien de mal...

Elle était blanche et fraîche et se penchait vers lui. Une joie d'amoureux le saisit ; il l'embrassa.

— Tu as raison. C'est une manie. Il ne faut pas m'en vouloir.

Le baiser d'Anne avait chassé tous ses arguments pour la soirée... Et la vie passait; les alluvions du temps se déposaient, et peu à peu l'immense force de l'accoutumance agissait sur lui.

Mais voici qu'une autre raison d'être tolérant apparaissait. Anne était enceinte. Un peu alourdie, elle allait et venait dans l'appartement, avec une démarche alanguie. Ce n'était pas le moment de la contrarier. Tout fier de sa paternité, il regardait sa femme d'un œil attendri... Que ne lui aurait-il pas pardonné? Aussi, il ne se sentait pas le courage de maugréer en la voyant égrener son chapelet, allumer un cierge dans sa chambre auprès d'un buis bénit. Ses sarcasmes eussent expiré en sourires indulgents. N'était-ce pas, en somme, un rite touchant, en l'honneur du petit être attendu, de la petite flamme de vie qui s'approchait?

La veille il était allé vers Bondaroy. Les chaleurs de juillet avaient grillé la Beauce; la route était poussiéreuse et brûlante. Une vieille église s'ouvrait devant lui, mantelée de lierre. Georges y entra.

De hautes graminées frôlaient les soubassements lourds, aux pierres creusées, émoussées. Combien d'orages, combien de pluies de Beauce avaient frappé en grandes ondes ces murs gris, au milieu des vastes plaines qui, chaque année, reverdissaient et se renouvelaient tandis que, seule, l'église, comme le passé debout, restait toujours pareille, vieille aïeule pensive, un peu délaissée, au milieu de la petite troupe des logis neufs? A l'intérieur, les murs étaient blancs, verdis à la base, le carrelage humide. Une indéfinissable odeur de renfermé, de moisissure et d'encens piquait les narines. Dans les vitraux passaient des rayons du dehors, idéalisés par les couleurs.

Il s'assit non loin du baptistère monolithe, sur un banc dont le chêne lissé par le frottement avait pris avec le temps des tons de palissandre. Machinalement, il regarda sans voir, les yeux grands ouverts, fixés sur les petits trous du bois vermoulu, sur les ferrures des bancs, sans penser, tout au bien-être de ce calme lieu après la promenade fatigante. Au fond, un petit autel boitait sur ses colonnes blanches; la nappe accrochait au passage un rayon de soleil et jetait un éclair lumineux parmi les demi-teintes des boiseries.

La vie filtrait à peine par les hautes fenêtres étroites et des bruits recueillis et graves entraient et s'assourdissaient en murmures. Des tableaux minables se penchaient vers de pauvres chandeliers au-dessus des autels de bois peint. Mais **tout** était propre et rangé, et l'église nette et soignée, comme une vieille dévote qui, le dimanche, vient vers le porche de pierre, par le sentier envahi de graminées.

Martin-Pretax songeait. Il sentit bien que sa rêverie banale était semblable à celle de la foule populaire qui fréquentait ici — et c'est pourquoi il s'y tint. Il songeait à tous ceux qui défilèrent dans cette petite église, à tous ceux qui se réunirent autour de cette pauvre et lourde masse de pierre mordue des ulcères du lichen et il lui sembla que les esprits des morts vinssent y rôder... Il rêvait à ces ancêtres oubliés qui, comme lui, aimèrent et souffrirent, aux mains rugueuses qui s'étaient posées sur le bois lisse du prie-Dieu et qui, maintenant, étreignaient de leurs doigts de squelette un peu de terre brune — à jamais. Dans leur vie de dur labeur, toute remplie des préoccupations des semailles, des moissons, de la vendange, c'est ici qu'ils se reposèrent, c'est ici que pour eux tout commença et que tout finit; c'est là qu'en redingotes fripées ou en robes larges et roides, ils vinrent, entre deux labours, aux grands jours de baptême, de mariage et de deuil; c'est dans ce coin d'ombre, dans cet espace étroit ravi au soleil par des murs épais, que se réfugièrent quelques-unes des plus fortes émotions de leurs âmes rustiques.

Et rien que parce que ce lieu vit couler des larmes et fleurir des joies humaines, et parce que son âme était amollie par une douce espérance, il se sentit plein de sympathie attendrie pour le vieux sanctuaire du village. Longuement, il regarda les marches du chœur qui, usées par le milieu, semblaient avoir fléchi sous le poids des générations. Sur le lutrin, de gros antiphonaires, le cœur ouvert, offraient au regard l'alignement capricieux de leurs notes carrées. Les petites lampes pendaient aux voûtes, comme des araignées au bout d'un fil. Des saints de bois, bûches à peine dégrossies et peintes, étaient scellés aux piliers, roides comme la foi d'un martyr. Partout, des objets du culte, vieillots, usagés, attendrissants de bonne volonté ornementale et de pauvreté soignée : un chemin de croix craquelé, une nappe d'autel reprisée en maints endroits, les petites burettes d'étain, la bannière blanche où la sainte Vierge sur les nuages avait l'air de marcher sur des œufs; un naïf rétable de pierre où le cerf de saint Hubert regardait des chasseurs à genoux... Un parfum de foi candide errait autour de lui.

Peu à peu le calme et le silence agissaient

sur les nerfs de Georges. Il respira longuement cet air si différent de l'air des champs, et où semblait flotter quelque subtile essence d'autrefois, un air ancien, enfermé là depuis des siècles... Dehors, c'était la lourdeur d'une journée de juillet, l'écrasement du soleil sur la terre craquelée, les vagues de lumière chaude déferlant sur les arbres qui se fanaient. Ici, régnait une fraîcheur de source. Le regard trouble, il regardait le décor blanc, insensiblement conduit au rêve par l'ambiance; et peu à peu le chœur se peuplait de tout le cortège des misères humaines : douleurs des pauvres serfs tordus par la vie, détresses des vieilles filles oubliées, espoirs maternels qui sombrent, angoisses affreuses autour du lit d'un enfant mourant, fin de tout ce qu'on aime — et il vécut un de ces moments où l'on se rend compte de son néant, où l'on sent par quel miracle extraordinaire et quotidien la vie continue en nous, comment un rien peut disperser, anéantir tout ce qui gravite à nos côtés, éteindre à jamais cette petite lampe que nous sommes et dont le déplacement léger fait naître autour de nous ce que nous appelons l'univers; un de ces moments où l'activité humaine paraît une monstrueuse folie et une absurdité, où tout se referme sur nos têtes, où des murs se rapprochent, nous enserrent et ne nous laissent plus voir qu'une infime étoile à l'ouverture d'un puits sans fond. Il sentit alors quelles détresses se jetaient, tête baissée et mains jointes, sur cette pierre d'autel, au pied de ce crucifix, et comment, lorsque tout ce qu'on a aimé est mort, l'illusion dernière fleurit sur les tombes.

Puis, il essaya de rappeler des limbes de son passé un cortège d'idées, de sentiments et d'images qui vinssent soutenir et préciser sa vision. Il se vit petit clerc, courant au matin de Pâques dans les sentiers verdissants et humides, agitant la crécelle, recueillant les « roulées » au seuil des fermes blanches environnées de pommiers fleuris; il se rappela la foi naïve de sa première communion, le vieux curé qui catéchisait dans la petite chapelle, le jardin du presbytère entouré de lilas, une claire jeunesse — et des parfums de verdure si vifs qu'ils lui piquaient les narines — les camarades de ce temps-là, les figures aimées disparues : tout ce que le passé enferme dans sa coupe de lumières et d'aromates.

Alors, sans effort, sa pensée revint vers sa femme, vers le petit coin de la terre où battait le cœur de celle qui allait lui donner un être

de sa race. Un fil mystérieux la rattachait à lui, et il lui sembla qu'ils étaient en ce moment plus près l'un de l'autre que lorsqu'ils se touchaient.

Tous ses souvenirs de jeunesse, le milieu, sa sentimentalité vite en éveil, lui permettaient l'effort d'imagination nécessaire pour sentir ce qu'il peut y avoir de douceur à prier. C'est, en somme, continuer sa vie passée, rester fidèle à son enfance, garder autour de soi le cortège d'illusions et de blancheur des jeunes années, se rattacher à ceux qui sont morts, se relier à l'âme universelle dans ce qu'elle doit avoir de plus pur. C'est vivre dans les pays d'illusion. C'est laisser s'élever son âme vers les cimes, comme sous le grand effort solaire qui attire toute chose, une buée légère monte des sillons à l'appel de l'astre. Car il faut que de nous s'exhalent des rêves. Il faut que nous aimions; le plus humble des hommes a son heure, sa minute d'idéal. Mais quand cette essence subtile de nos désirs, de nos exaltations, de tout ce qu'il y a en nous de charmant et de fin, s'est dégagée de notre âme, nous éprouvons le sentiment douloureux que ces choses précieuses sont passagères et fugitives. Et comme cependant on veut qu'elles persistent, comme il faut qu'elles durent, il est naturel et normal d'aboutir à Dieu.

Pourquoi faire de nos rêves des colonnes brisées ? Toutes les âmes, se disait-il, peuvent-elles supporter l'amère certitude que ces réalisations sublimes, mais instables de bonheur et d'amour, sont incertaines et miraculeuses comme la figure des nuées, qu'elles n'ont peut-être de prix que parce qu'elles sont éphémères, et que le jour où l'homme a senti le divin, il ne lui reste plus qu'à en garder le souvenir comme un parfum dans un vase précieux, à replier son âme et à baisser la tête avec une souffrance résignée, orgueilleuse et voluptueuse en songeant que tout est fini ?... Pourquoi vouloir que tous les êtres puissent, sans trembler, regarder le mystère de la mort ? Pourquoi ôter à toutes les pauvres âmes timides et battues des vents le seul refuge où elles trouvent le repos ?

Aussi, quand il rentra, las, ayant poussé sa bicyclette dans la poussière de la route, il vit avec indulgence que sa femme, les mains jointes et les yeux au ciel, allongée dans un fauteuil, murmurait une prière. Il s'approcha d'elle et s'aperçut qu'elle avait les yeux pleins de larmes. Tout ému, il la questionna.

— Si j'allais mourir ! dit-elle à mi-voix.

Il l'enlaça doucement, s'efforçant de la rassurer.

Mais les mêmes craintes l'agitaient intérieurement. Devant eux, un précipice semblait s'être ouvert, qui le fit trembler.

Et il regarda le buis bénit, le chapelet de bois noir, l'image sainte devant laquelle elle s'était placée. En lui-même, des nuées fugitives passaient, venues d'une lointaine hérédité, comme des ombres qui courent une seconde sur le fond d'une chambre claire... Une obscure terreur l'envahit, une de ces chutes de l'âme vers le noir, où, dans le vertige, on cherche d'instinct à quoi l'on peut s'accrocher... Il leva les yeux et vit le crucifix.

Alors il baisa sa femme sur le front et la laissa à sa prière, étonné d'avoir senti en lui-même, un instant, dans un éclair soudain, comme si une autre âme eût pénétré la sienne, remonter la confiance des aïeux en un Dieu de bonté...

Tante Pretax rentrait. Sans prendre garde à Georges, elle déballait devant sa nièce les petits paquets de ses racontars et de ses confidences, entremêlés de conseils et de potins, déroulant sans fin l'écheveau de ses phrases. Anne écoutait, à demi distraite, tout en reprenant son travail. Des petits bonnets, des chemises minuscules çà et là occupaient les chaises.

Madame Fontaine arrivait avec madame Lasnier, la femme du principal. Furtivement, Georges gagna la porte de son cabinet de travail. Et de nouveau les conversations terre à terre et criardes reprirent. Puis ce fut un moment de silence. Georges regarda.

Toutes quatre se penchaient sur une corbeille remplie de dentelles.

— Je fais une neuvaine à saint Grégoire pour ce cher petit, dit madame Fontaine.

Elles examinèrent les menus objets de la layette, silencieuses, attendries. Madame Fontaine ouvrait la bouche sous son grand nez bonasse. Anne souriait.

Georges sourit aussi devant toutes ces femmes groupées par le même sentiment maternel instinctif, et leurs chapelets et leurs neuvaines semblaient rendre plus sacré et plus mystérieux l'événement qui se préparait. Quelque chose de simple et de naïf comme un tableau de primitif que cette veuve en cornette et cette jeune épouse sous les bras du crucifix... Les saintes femmes étaient là, prêtes à recevoir l'enfant, préparant pour lui une couche molle et des parfums... Une atmosphère biblique régnait...

Cependant les jours coulaient. Un soir, au dîner, Anne ressentit les premières douleurs. La nuit se passa dans les cris. Georges, nerveux, allait et venait, riait tout haut, à tout propos, d'un rire qui lui faisait mal. Dans la matinée l'enfant fut là. C'était une fille. Autour du berceau, une sœur de garde s'occupait du nouveau-né. Anne sommeillait. Tante Pretax gouvernait la maison avec autorité. Georges, bousculé dans les portes, semblait un gêneur. Mais, content, indulgent à tous, il serrait des mains, sans presque remarquer que déjà l'abbé Brault était venu vers le nouveau-né, que toutes les amies de tante Pretax, tout ce monde de sacristie entourait l'enfant, l'accaparait, l'enveloppait de langes sacrés...

La journée passa pour Georges dans ce singulier état d'esprit qui suit les grandes lassitudes, où la sensibilité émoussée n'aspire qu'au repos. Le soir, il s'endormit dans un fauteuil, étreint par le carcan de la fatigue.

Tout à coup, il fut arraché de son sommeil. Sans savoir où il était, il se leva. La voix de la garde l'appelait.

— Madame n'est pas bien. On vient d'aller chercher le médecin.

Il se précipita vers la chambre. Anne, blanche et immobile, reposait... On le mit au courant : une hémorragie venait de se déclarer pendant le sommeil. Évanouie, elle restait exsangue, comme morte.

Il poussa un cri de douleur,

— Anne! Anne! ma chérie !

Il se précipita vers elle en lui prenant les mains.

— Mais qu'est-ce qu'elle a, qu'est-ce qu'il y a?

Madame Pretax, sans répondre, hâtivement, passait, avec des serviettes, du vinaigre.

— Ce n'est rien, n'est-ce pas, ce n'est rien? répétait-il.

Mais on ne lui répondait pas.

Le médecin arrivait.

Il hocha la tête, après quelques instants d'examen.

— C'est sérieux, dit-il.

L'hémorragie continuait malgré les efforts du docteur. Sans parole et sans mouvement, Anne semblait de cire. La vie lentement la quittait.

Georges, immobile, regardait, comme s'il n'eût pas compris, tout le corps crispé, dans une de ces attentes terribles où la vie semble hoqueter en vous, prête à rompre l'organisme.

Tout à coup, un petit cri : l'enfant vagissait.

La sage-femme se retourna et emporta le nouveau-né dans la pièce voisine.

Cependant, la figure du médecin s'éclairait : les yeux de la jeune femme venaient de s'ouvrir.

Georges avait vu ce mouvement. Il se précipita.

— Anne, ma chérie... Ce n'était rien, docteur ? dit-il, tout heureux de retrouver l'espoir et comme si l'univers renaissait d'un coup.

Mais le médecin le repoussa brusquement :

— Tenez-vous donc tranquille, vous...

Cependant Georges avait saisi une main de la malade ; elle lui souriait faiblement. Toute une mer d'attendrissement descendit en lui et une larme roula au milieu de son sourire.

— Il faut maintenant la laisser, ne pas la fatiguer. Surtout, rien comme nourriture, qu'un peu de lait. Le danger immédiat est écarté, dit-il en sortant.

Puis, il partit. Tante Varnier-Pretax le suivit.

Georges, la tête perdue, les idées dispersées par l'horrible fatigue, tous ses muscles frémissants, trépidant comme une machine détraquée, s'affaissa sur un fauteuil au pied du lit. Des mouches bourdonnaient dans le silence lourd de la pièce ; un rais de soleil traversait les volets ; le jour était venu. De temps en temps, un soupir, un léger mouvement de sa femme le faisaient se lever. Les yeux ardents, il la regardait, fixement, comme si ce regard l'eût retenue, rattachée à lui.

« Est-ce qu'elle pourrait mourir ? »

Et cette pensée devint tellement atroce qu'elle lui arracha un cri de douleur...

Les lèvres d'Anne s'entr'ouvrirent. Elle murmura :

— Qu'as-tu ?

Il courut vers elle.

— Rien, rien ; je m'étais assoupi et je rêvais... Dors.

— Non, dit-elle.

Le bras sortit du lit ; il prit la main fine et transparente et tâta le pouls faible et lent. Sur l'oreiller, la couronne de cheveux noirs encadrait une pauvre figure aux yeux cerclés de noir.

— Viens, dit-elle.

Elle fit un effort pour lever la tête qui retomba, les yeux clos.

Effrayé, Georges se pencha sur elle.

Elle rouvrit les yeux et le regarda, la main dans celle de son mari.

— Reste, écoute... Je vais peut-être mourir, je crois... Si je meurs...

— Chérie ! mais c'est fou ce que tu dis là... Pour un petit accident... C'est la faiblesse qui te fait parler ainsi ; dans quelques jours tes forces vont revenir... Ne dis pas cela, ne dis pas cela !

Haletant, il la regardait, les yeux dans les siens, tout prêt à fondre en larmes et ne se retenant que par un suprême effort de volonté...

— Écoute. Il faudra ce soir faire venir le prêtre, l'abbé Brault... Et puis encore... Je ne voudrais pas partir comme cela, te laisser... Donne-moi mon chapelet...

Elle étendit le rosaire sur le lit... Les yeux au ciel, elle en poussa quelques grains, puis s'arrêta.

— Je veux que tu me promettes quelque chose...

— Oui, oui, ma chérie, tout — mais ne te tourmente pas ainsi... Ce n'est rien, je t'assure. Je vais retourner chercher le docteur.

— Non, attends...

Elle semblait épuisée par cet effort et les ailes du nez se soulevaient fébrilement.

— Je te demande de veiller à notre enfant, à notre fille... Je ne voudrais pas mourir sans être sûre qu'elle sera élevée chrétiennement, comme je l'ai été... Promets-le moi, afin que je parte en paix.

— Partir... Mon Dieu, que dis-tu ?... — Un sanglot coupa la voix de Georges... — Mais ta fille, c'est toi qui l'élèveras. Tu la verras grande et belle comme toi... Oh ! c'est épouvantable !... Mais pourquoi ? Le médecin a dit que tu allais mieux... Écoute, écoute-moi.

Elle releva un peu le bras pour protester.

— Promets-le moi.

Il la regarda, en larmes, égaré, fou.

— Tu te sens donc plus mal ?... Oui, ma chérie, ce que tu voudras.

Sa tête, un moment relevée, retomba. Il se leva pour appeler.

— Ce n'est rien, dit-elle faiblement.

Ses mains serraient un petit crucifix de cuivre, celui de sa première communion. Toutes les forces de son être semblaient s'être concentrées dans ses yeux où brillait une flamme.

Georges, à genoux, le front sur la main de la jeune femme, écoutait la respiration rapide.

Quand il se releva, il trouva le regard d'Anne sur lui, attendant une réponse.

— Georges, promets-le moi avant que je meure !

Bouleversé, affolé, il se pencha vers elle.

— Oui, ma chérie, je te le promets.

— Jure-le, dit-elle.

Et elle lui tendit le petit crucifix de cuivre.

Comme un croyant, sans penser à la vanité de ce serment, il leva la main.

— Merci, dit-elle.

— Anne, Anne, cria-t-il...

Elle ne répondit pas ; brisée par l'effort, elle était retombée inerte. Comme un fou, il sortit, appelant tout le monde, et descendit à la hâte pour ramener le médecin...

Quand il rentra, dix minutes après, l'abbé Brault était là, avec les saintes huiles. Autour du lit, des femmes à genoux, et, blanche, sur le lit, Anne immobile et muette. Un cierge brûlait dans la main de l'acolyte.

Il s'écroula sur le bord du lit en criant.

L'abbé Brault sortait, ayant terminé.

— Du courage, mon ami... Espérez en un miracle de Dieu !

Quoi ! C'était donc la fin ?... Un regard de colère tomba sur le prêtre et une parole mauvaise gronda en lui.

Il ressortit, guettant la venue du médecin qui entra quelques instants après, en haussant les épaules à la vue du prêtre.

— Cela ne pressait pas, dit-il à Georges.

— Elle est très mal, docteur.,.

Il ne répondit pas et se rendit auprès de la malade.

— Grand affaiblissement, dit-il en sortant... Espérons toujours. — Mais surtout du calme...

Dans la pièce voisine, l'enfant pleurait. Une nourrice appelée à la hâte lui donnait le sein... Georges le prit dans ses bras, le regarda, puis le rendit, les yeux gros de larmes... De tout son amour, il ne restait donc que ce petit morceau de chair rouge et criante ? De l'autre côté, une vie s'en allait.

*
* *

Ce furent d'atroces jours. Pendant une semaine, Anne resta entre la vie et la mort. Tante Varnier, madame Fontaine passaient de longues heures en prières. Un cierge brûlait devant le Christ, à côté d'un rameau de buis bénit. Georges, immobile au chevet de sa femme, surveillait les moindres indices de retour à la santé. Une huitaine passa, Anne semblait moins affaiblie. Le médecin espérait...

Tante Varnier déjà triomphait, prenant le mieux pour la guérison. Optimiste, elle déclara bientôt que Anne, grâce à un miracle de Dieu, était hors de danger... Des actions de grâces s'envolaient autour de la malade.

Peu à peu les forces lui revinrent. L'enfant se portait bien. Georges regardait la petite Suzanne qui, pleine de vie, agitait ses pieds et ses mains. De nouveau, c'était l'aurore.

— Chère petite... Un peu de vie qui germe, livrée aux hasards, un peu de nous qui nous survivra. Que seras-tu de moi ?

Et déjà son esprit inquiet interrogeait l'avenir. Mais des pensées de bonheur chassaient les nuages. A demain, à plus tard les soucis ! Anne allait se lever, et dans la maison, ce serait de nouveau le sourire clair d'une jeune mère à son enfant, ce serait la vie avec sa gaieté, ses rires, son activité. Georges se laissait aller au souffle des jours calmes, pareil à la barque qui oscille dans une anse lumineuse, sous le grand soleil.

II

Le temps avait passé depuis la naissance de Suzanne, grisaillant, usant, détériorant les choses et les êtres. Huit années s'étaient écoulées.

Anne ne s'était jamais remise complètement de ses couches.

Son caractère s'était renfermé encore ; elle se cantonnait dans sa dévotion comme dans un fauteuil égoïste, où elle trouvait ses aises, où elle avait tout sous la main, sans se préoccuper de rien, sans même jouir du spectacle de la fenêtre. Tout son entourage lui avait répété sur tous les tons que c'est grâce à un miracle qu'elle vivait encore. Peu à peu les détails, les incidents de sa maladie, toujours contés de même, avec les mêmes mots, prenaient des airs de légende, et elle se voyait sur son lit, comme dans une image de piété, la tête entourée d'une lueur.

— Ce n'était plus même un souffle, madame, répétait tante Varnier-Pretax.

La vieille dame levait les mains jointes au ciel, puis les ramenait à la hauteur de son menton et les redescendait lentement vers ses genoux.

— Un souffle, qu'est-ce que je dis ? Des heures et des heures, elle est restée sans ve, toute blanche, la pauvre enfant. Le cœur ne battait plus ; elle était comme morte, madame,

3

elle était morte ! Je courais de l'église à la maison ; madame Fontaine priait dans la chambre à coucher. Je puis dire, madame, que toute la ville priait pour ma nièce... Elle était morte déjà, certainement, lorsque le miracle se produisit. Car c'en est un, n'est-ce pas, madame, que de voir une personne qui a perdu tout son sang revenir à la vie ?... Et savez-vous comment ? Je me suis rappelé une chose que m'avait enseignée le curé de Guigneville. Vous l'avez peut-être connu ? C'était un homme bizarre, qui avait été moine en Orient et qui en connaissait . ! Eh bien, madame, j'ai allumé trois cierges et j'ai fait le tour de la chambre avec un quatrième en criant comme Notre-Seigneur : *Eli, Eli, lamma sabachtani !!*

« Puis j'ai prié la Vierge Marie à genoux en récitant trois *ave*.

« Le médecin arrivait, madame ; je n'ai eu que le temps d'enlever les cierges — et le miracle était accompli. La pauvre enfant ouvrait les yeux. La piqûre que le docteur lui avait faite avait pu réussir, grâce à la prière du curé de Guigneville.

Anne, sans rien dire, écoutait tout en continuant son travail de couture. Elle n'avait aucun souvenir de ces événements ; mais elle se considérait comme une miraculée, et d'ailleurs son entourage l'entretenait dans cette idée et de cette façon la retenait et la dominait.

Ce furent des moments pénibles que ceux où Georges s'aperçut que sa femme, reconquise à la vie, lui échappait moralement sans retour. Ponctuelle autrefois dans les soins du ménage, elle laissait plus souvent maintenant la bonne s'occuper de la maison. Dès le matin, elle filait à l'église et y retournait sous les moindres prétextes. L'enfant la retint encore quelque temps par les soins qu'il nécessitait ; mais elle ne put l'allaiter et ce devoir, qui est comme une seconde création pour la plupart des femmes, manqua à sa maternité.

Bien des fois Georges Martin avait pleuré dans son bureau solitaire ; d'autres fois, sa mauvaise humeur, qu'il retenait moins qu'aux premiers temps de son mariage, éclatait, comme souvent la mauvaise humeur, à propos d'incidents sans rapports avec ce qui l'avait causée. Chaque jour, sa volonté glissait sur celle de sa femme. D'ailleurs, il se rendait compte de la faiblesse qu'il avait montrée dès le début de son mariage. Aveuglé par son amour neuf, enclin à tout pardonner et à

laisser faire, il avait trouvé bien des excuses à son indulgence et notamment celle-ci : que l'amour qu'il portait à sa femme l'envelopperait suffisamment de ses réseaux pour qu'elle restât sienne à jamais... Illusions de jeunesse... Le temps avait passé.

Souvent maladive, Anne n'était plus la jolie personne de sa vingtième année. Peu à peu elle s'était amaigrie, ses traits se durcissaient et son visage autrefois simplement sérieux était devenu plus sévère. Entre les yeux, le pli qui n'apparaissait qu'aux moments de mauvaise humeur s'était fixé ; une ride restait au coin de la bouche. Le charme du regard, qui cache comme une aurore toutes les imperfections, avait disparu. La couronne des cheveux noirs s'affaissait ; les joues pleines s'étaient creusées. En dix années, elle était devenue une personne presque mûre. C'est avec un attendrissement mêlé de quelque pitié qu'il la regardait, et parfois un grand élan le jetait vers elle comme s'il se fût reproché de ne pas assez l'aimer, comme s'il eût fallu qu'il la chérît davantage parce qu'elle était moins jolie, pour qu'elle ne s'en aperçût pas et qu'elle fût heureuse...

Certainement — et peut-être ne s'en rendait-il pas compte, car dans les grands mouvements soudains de son âme agitée il retrouvait parfois l'exaltation amoureuse des premières années — il aimait moins ardemment sa femme. Mais il le sentait vaguement. Comme tous les imaginatifs, il se payait de sophismes et ne voulait voir que son rêve. Il s'était créé de son amour une image plus belle que nature, et cette image était plus réelle que l'amour même. Si elle n'est plus, pensait-il, la maîtresse des premières années, elle est la mère, le bon génie de la maison, la compagne éternelle de ma vie... Il confondait inconsciemment, comme beaucoup de maris, son amour pour sa femme avec quantité de sentiments divers : le besoin d'une vie régulière, son affection pour l'enfant, son désir de bien-être et les joies de son intérieur : tous ces corollaires de l'amour conjugal, qui d'ailleurs suffisent souvent à sceller l'union de bien des ménages. Et par le jeu naturel de l'esprit, ces petits bonheurs-là se confondaient et il les rapportait à Anne dans les moments d'attendrissement que lui donnaient parfois les moindres émotions joyeuses.

Mais, entre elle et lui, que de choses — sans compter la religion — élevaient peu à peu des barrières, comme des broussailles folles dans les sentiers où l'on ne passe plus !..

De moins en moins, en effet, elle vécut dans son intimité. Il s'enfermait dans son cabinet ; elle faisait des visites chez des amies ou à l'église. La distance incalculable de deux pensées dirigées dans des sens différents — des mondes, les séparaient.

Georges s'occupait beaucoup de ses élèves, de leur travail, chose dont ils ne s'entretenaient jamais. Depuis quelque temps, il publiait de curieuses études d'histoire locale dans une revue spéciale. A l'heure actuelle même, il cherchait à faire revivre cette figure presque inconnue du général Duportail, originaire des environs de Pithiviers. Parfois même, infidèle à ses travaux d'érudition, il rimait quelques vers. Bien souvent, dans les débuts de son mariage, il avait lu ses essais à sa femme, qui n'avait pas paru s'y intéresser beaucoup. Docilement, elle écoutait, jugeait toujours favorablement et n'en parlait plus... Elle ne se passionnait pas, visiblement...

Peu à peu il prit l'habitude de renfermer plus égoïstement en lui-même ses petites jouissances de lettré ; la vie intérieure, déjà si puissante en lui, devint plus intense encore. Il oubliait toute conversation et restait silencieux aux repas. Leurs entretiens ne roulaient guère que sur la vie locale, sur les menus incidents quotidiens, sur l'enfant. Un compromis tacite s'était établi à la longue entre eux. Leur activité se dirigeait dans des sens différents, mais il était entendu que ni l'un ni l'autre ne tenterait d'empiéter sur le domaine du voisin...

Mais hélas ! maintenant il la jugeait — preuve qu'il aimait avec moins de passion — maintenant il remarquait l'imperfection d'un geste, les fautes dans le langage, la petite maladresse commise au cours d'une conversation, et il en ressentait comme une courte gêne. Parfois, cependant, aux beaux jours de soleil, il voulait remonter la pente descendante de son bonheur. Il cherchait à rendre sa femme plus soucieuse d'élégance ; heureux lorsqu'une robe neuve lui remettait devant les yeux l'image de ce qu'elle avait été autrefois... Mais si Anne, un jour, montrait plus d'abandon, le lendemain, comme si c'eût été un péché d'aimer, il la trouvait plus froide, plus pincée. Et, dans les plis du visage, Georges retrouvait le masque de tante Pretax.

Sans doute, tout cela n'eût été rien, si Anne eût montré la tendresse confiante que son mari souhaitait. Mais, sans cesse, la volonté de Georges heurtait une autre volonté, non pas comme un roc sous une eau dormante, mais comme un banc de sable qui arrête sourdement votre effort.

Anne Martin elle, vivait, tranquille, sans d'ailleurs se douter des agitations intérieures qui bouleversaient Georges. Sa fille l'occupait assez à la maison ; sa vie était réglée ; elle goûtait la somme de bonheur compatible avec sa nature. On l'eût grandement étonnée en lui révélant qu'elle ne donnait pas à son mari toute la joie qu'il souhaitait. Elle eût pensé que, comme la fillette, il était un enfant gâté, qu'elle lui faisait sa part et qu'il devait en être satisfait, car elle n'avait rien à se reprocher : la maison était en ordre, le linge abondant, la table convenable ; tante Pretax favorable, ses relations avec Dieu des meilleures et des plus régulières. Georges était, en somme, un peu fou, ou tout au moins maniaque.

Cependant, la vie est si niveleuse de sentiments et de pensées, si pareille au vent marin qui jette le sable sur les plages et enveloppe peu à peu les épaves comme les cadavres, que Georges s'était accoutumé à cette existence monotone, terne et régulière : une longue absence de sa femme lui eût été pénible.

L'enfant n'était-elle pas là, d'ailleurs ?

III

Languissamment, Anne se traînait de fauteuil en fauteuil dans le jardin d'été. Les roses pesantes laissaient fuir dans le vent du soir des traînées voluptueuses. Des verdures humides, par le temps chaud et pluvieux de cette saison, couvraient de leur masse lourde des humus noirs où fermentait la vie.

Suzanne allait et venait, trépidante, inquiète, cueillant çà et là une fleur, accourant vers son père pour lui demander :

— Est-ce la plus belle, celle-ci ?

Georges, distrait, la regardait, les yeux vaguement heureux, ouverts sur la vie estivale comme sur une porte de lumière.

L'enfant, pâle, blonde, restait maintenant immobile, les yeux troubles. Neuf ans bientôt, mais un peu frêle, avec un regard parfois inquiétant de fixité. Son enfance avait été assez pénible, délicate. Tremblant sans cesse, affolé par les moindres indispositions, Martin-Pretax laissait la fillette à peu près libre de ses journées. Jusqu'ici elle n'avait fréquenté aucune école ; il lui avait appris les rudiments de la lecture, du calcul et de l'écriture. Elle vivait, comme un insecte heureux, dans la lumière du jardin.

Tout à coup, il s'aperçut qu'elle avait les yeux pleins de larmes.

Il se leva et l'interrogea doucement. Elle était sujette à des crises de tristesse sans cause, et il s'en inquiétait. Elle redoubla de sanglots dès qu'il parla ; et dans sa main tremblante, les roses s'effeuillaient.

— Qu'as-tu, ma chérie ? Dis-moi, t'es-tu piquée ?

Elle fit signe que non et se remit à pleurer.

— Je ne peux pas, je...

— Quoi donc ?

— Les avoir... En avoir de plus belles... J'aurais voulu les plus belles... Elles ne sont pas ici...

— Console-toi. Nous irons chez l'horticulteur. Qu'est-ce que tu veux en faire ?

Mais Suzanne ne répondit pas. Les yeux rougis, elle regardait ses fleurs.

— Celles du paradis sont bien plus belles... Ça, ce n'est pas beau, dit-elle en regardant dédaigneusement une splendide rose-thé qui s'inclinait, blessée, dans sa main.

Georges sourit.

— C'est pour cela que tu pleures ? Qui est-ce qui t'a raconté cela ?

— Sœur Béatrix et puis maman.

— Des sornettes... Et viens avec moi. On va chercher dans le jardin.

Il la prit par la main. Ils allèrent dans les recoins les plus solitaires, cherchant les roses les plus charnellement belles, les fuchsias pleurants, les hémérocalles, les lis abstraits, la flamme pourpre des glaïeuls.

L'enfant battit des mains.

— Tu es contente ? En voilà de jolies !

— Oh ! oui.

Puis, tout à coup, elle reprit, songeuse :

— Alors, celles du paradis ne sont pas plus belles ?

Georges hésita un instant avant de répondre.

— Non, mon petit, assura-t-il avec fermeté.

— Ah ! J'aurais voulu qu'il y en eût de plus belles là-haut.

Son père la souleva de terre et l'embrassa, retrouvant chez sa fille ce besoin d'idéal qu'il avait senti toute sa vie... Dans le plus grand bonheur, en imaginer un plus grand, et par là-même ne pas jouir du présent — n'était-ce pas son sort ?

— Et que voulais-tu faire de toutes ces fleurs ?

Les lèvres de l'enfant se serrèrent.

— Eh bien ? insista Georges.

— C'est pour sœur Béatrix, pour le reposoir, dit-elle en se sauvant à cloche-pied.

Décidément, cette enfant trop nerveuse l'inquiétait. Il fallait la mettre en classe, l'enlever à ses imaginations. Jusque-là, sa femme avait résisté. Elle comprenait l'impossibilité d'envoyer sa fille au couvent, étant donnée la situation de son mari. Il n'y avait à Pithiviers que des classes primaires. Anne se révoltait à l'idée que Suzanne serait à côté d'une morveuse de la laïque. Tante Varnier l'arc-boutait dans cette idée. Or elle était, depuis la maladie de sa nièce, bien plus fréquemment à Pithiviers ; elle comptait dans le ménage, sinon par des actes, du moins par une influence indirecte, par sa pression constante sur la vie quotidienne. Serait-ce dans le ménage une crise, une fêlure par où fuiraient à jamais la paix, le bonheur ?

Martin-Pretax rentrait tout soucieux à la maison. Que cette vie enfantine était frêle et tremblante, et comme il avait raison de craindre ce qui pouvait l'exalter encore ! Il eut l'idée d'aller fureter dans les petites affaires de la fillette. Il entra dans la chambrette bleue, tout attendri et souriant devant les puérilités qui s'y montraient naïvement : un petit soulier abandonné sur le tapis, une poupée qui dormait sur une chaise bretonne. Derrière le lit, sur une caisse, dans un coin dissimulé, il aperçut un édifice bizarre : une croix surmontant une image de piété, un verre renfermant quelques fleurs.

— Un autel ou un reposoir, dit-il.

Puis il redescendit.

Le soir, comme la fillette jouait dans la pièce voisine, il dit à Anne :

— Il est temps de mettre cette enfant-là en classe. Cette solitude est un mauvais régime. Je veux qu'elle aille à l'école dès lundi.

Anne fit des objections. N'avait-il pas lui-même refusé de l'y envoyer, à cause de son état de santé, des maladies possibles : toutes mauvaises raisons dont se payait sa tendresse paternelle.

— C'est nécessaire. Voilà une enfant de huit ans qui ne sait rien, ou pas grand'-chose.

— Si, papa. Je sais mon catéchisme.

Anne rougit.

— C'est bien cela ! dit-il.

Il appela la fillette.

— Qui te l'a appris ?

— Tante Pretax, puis...

Mais sa mère lui coupa la parole :

— Va à la cuisine, avec Joséphine.

Et elle ajouta sèchement, quand l'enfant eut disparu :

— Il est inutile qu'elle assiste à des discussions.

— Il est temps, encore une fois. Cette enfant est trop nerveuse. Cet après-midi, je l'ai trouvée dans le jardin cherchant des fleurs imaginaires, plus belles que celles du paradis, et pleurant parce qu'elle n'en trouvait pas. Sa chambre est envahie d'un bric-à-brac de dévotion. Fais ce que tu voudras pour toi, mais ma fille fera ce que je voudrai.

— Georges, ma fille sera élevée chrétiennement. C'est une chose contre laquelle tu n'as rien à dire, puisque toi-même, quand j'étais sur le point de mourir, tu m'as juré de le faire, si je disparaissais.

La colère gagnait le professeur, mais il se ressaisit.

— Cela n'a aucun rapport avec ces agitations nerveuses et ces superstitions... Et puis, j'ai promis... j'ai promis, évidemment... Qu'est-ce qu'on ne promettrait pas à une femme qui est en danger de mort ? Et j'aurais été assez bête pour tenir ma parole, je me connais. Tu n'es pas morte, heureusement. Alors tout cela ne signifie rien, ajouta-t-il en secouant sa grosse tête un peu hirsute.

Anne s'était levée, toute blanche, le nez aminci, les dents serrées.

— Il aurait donc fallu que je meure pour que ma fille fût chrétienne ? J'aurais mieux fait de mourir ! Eh bien ! je mourrai, s'il le faut, mais elle sera élevée avec la foi.

Les voix s'étaient haussées. La petite Suzanne, qui avait entendu, accourait et, effrayée, se jetait dans les bras de sa mère.

— Je ne veux pas ! Je ne veux pas que tu meures !

Georges haussa les épaules.

— En voilà assez ; c'est trop de bruit pour rien. Quoi qu'il en soit, je maintiens ma résolution. Elle ira en classe. Assez de sornettes sur le paradis et l'enfer. Je ne prétends pas qu'on me la détraque davantage.

Et il sortit pour clore la discussion.

La petite se blottissait dans les bras de sa mère.

— N'écoute pas ça, n'écoute pas, dit Anne à voix étouffée, en lui cachant la tête dans sa poitrine.

Au dîner, on fut silencieux. Une glace avait saisi, garrotté tout le monde. D'instinct,

l'enfant sentait ce froid, qui la serrait à la poitrine, l'empêchait d'avancer une main, de respirer, même de croquer son pain, par crainte du bruit.

Martin-Pretax, les yeux fixes, ne disait rien.

Anne câlinait sa fille, la serrait contre elle, comme si on eût voulu la lui prendre, pleine d'attentions inaccoutumées auxquelles l'enfant répondait par des regards affectueux et un peu étonnés.

C'était le premier heurt au sujet de l'éducation de l'enfant : Georges prévoyait que ce ne serait sans doute pas le seul.

Le lendemain, il fit les démarches nécessaires. Il fut entendu que Suzanne irait au cours annexé à l'école primaire supérieure. La classe était dirigée par une ancienne élève de l'école normale. Elle était payante ; seuls les enfants de la bourgeoisie et des fonctionnaires y fréquentaient. De cette façon, Anne obtiendrait donc une satisfaction au moins partielle, et l'enseignement n'y aurait — ce à quoi il tenait — aucun caractère confessionnel.

Anne avait eu, à ce sujet, une longue conférence, au presbytère, avec l'abbé Brault. Il fut entendu qu'il fallait laisser Martin-Pretax suivre sa décision : il était d'ailleurs à peu près impossible de l'entraver. L'éducation maternelle suffirait à maintenir l'enfant dans la bonne voie.

— Il faudra veiller soigneusement sur elle. Le mieux... Je sais bien que c'est un cas de conscience... ajouta l'abbé Brault.

Il sembla réfléchir un instant, inclina la tête, les sourcils froncés.

— Oui, c'est la meilleure voie, reprit-il... Dieu sait que c'est pour lui conserver une âme, et une âme précieuse...

Il se grattait le nez qu'il avait blanchâtre et aquilin et qui descendait gravement entre ses joues pendantes comme une stalactite de glace d'un toit.

— Il faut que cette enfant soit élevée selon vos principes et suivant la loi du Seigneur. Vous êtes assez bonne chrétienne pour la diriger et l'inspirer. Elle sera, d'autre part, toujours soutenue dans son zèle par les exercices de piété qu'elle devra suivre. Mais il est une influence contre laquelle il faudra la garantir. Excusez-moi, ma chère enfant, mais...

— Son père, jusqu'ici, n'a guère fait que jouer avec elle, interrompit Anne.

— Je vois que vous me comprenez... Cependant, d'après ce que vous m'avez dit hier, il a prononcé de fâcheuses paroles. N'est-il pas allé jusqu'à traiter, devant cette enfant, nos divins mystères de sornettes ? Il faut toujours craindre l'ascendant d'un père sur une petite fille... Peut-être serait-il bon de la mettre en garde...

— Je lui ai déjà dit de ne pas l'écouter, s'exclama Anne.

— C'est peut-être un peu vif. Il faut agir discrètement. Il est nécessaire que votre fillette révèle le moins possible à son père ce qu'elle aura fait comme exercices religieux, prières et catéchisme. Il faut qu'il ne se méfie pas, qu'il n'agisse pas. Il ne faut pas qu'il défasse notre œuvre. Il ne faut pas qu'il nous vole cet enfant ! dit-il avec force.

Anne buvait ces paroles, fronçant le sourcil pour les mieux retenir.

— Non, il ne faut pas, répliqua-t-elle en écho.

— Qu'elle soit toute en nous, qu'elle ne pense que par nous...Mais il faut qu'elle ne contredise pas son père, qu'elle ne se révolte jamais contre lui. C'est une œuvre de vigilance et de prudence. Plus elle lui semblera passive, moins il insistera... Qu'elle semble nous ignorer, qu'elle ne prononce point notre nom devant lui. Ce n'est pas là mentir ; c'est éviter de dire toute la vérité, et toute vérité n'est pas bonne à dire.

— Mais si son père veut la détourner ?

— Il l'entreprendra d'autant moins qu'il connaîtra peu ou point notre œuvre. Faites-la donc venir.

Anne alla chercher Suzanne qui jouait avec la bonne du curé.

La figure de l'abbé Brault, qui était rigide et grave, s'éclaira d'un seul coup, comme une affiche lumineuse. De petites rides parurent au coin des yeux ; sa bouche s'ouvrit et les bras se tendirent vers l'enfant qui s'y jeta.

— Chère petite, chère mignonne, dit-il en caressant les cheveux, il paraît que vous allez en classe bientôt ? Soyez sage, comme toujours... oui, oui, tâchez de bien travailler... Malheureusement, on ne vous parlera pas du bon Dieu. Mais votre maman, elle, vous en parlera. Vous aimez bien le bon Dieu, n'est-ce pas, ma mignonne ? Et la sainte Vierge, et votre ange gardien ? C'est bien, c'est très bien... Il faut bien dire vos prières, ne pas manquer...

Il toussa quelques secondes.

— Votre papa ne prie pas beaucoup le bon Dieu... J'ai peur qu'il ne l'aime pas assez. Il y a des gens qui n'aiment pas le bon Dieu...

Hé ! oui, madame, si c'est possible ! ajouta-t-il en se tournant vers madame Martin... Il ne faut pas les écouter, voyez-vous, ma chère enfant. Il faut fermer ses oreilles. On ne répond pas, on ne dit rien... oui, oui. Votre papa pourrait peut-être mal parler de la religion... Évidemment, il faut bien écouter votre papa ; il faut toujours être une bonne petite fille... Mais pour cela, voyez-vous, il ne sait pas, lui, il ne sait pas. Il faut prier pour lui... Mais ne rien raconter. Ainsi, ne pas même lui dire que vous venez souvent ici. Peut-être ne serait-il pas content ; il ne faut pas le mécontenter.

« Et votre nouvelle poupée ?

L'abbé Brault changea de ton :

— Quand la baptise-t-on ?

Comme l'enfant répondait en souriant, il reprit, persuasif, insistant :

— Oui, oui, ne rien dire ; n'écoutez que ce que maman ou moi vous dirons. Quand vous entendrez médire de Dieu, récitez un *pater* et un *ave*. Écouter de mauvais discours, c'est risquer le péché, le péché et l'enfer. Craignez l'enfer, dès votre jeunesse !

La voix du prêtre s'était faite menaçante ; il tenait son index levé.

— Savez-vous ce que c'est que l'enfer ?

Et l'abbé Brault répéta cette description courante dans les catéchismes d'un enfer fuligineux, tout grouillant de diables, tout plein d'odeurs nauséabondes, hérissé de supplices raffinés...

Suzanne, les yeux dilatés, toute pâle, écoutait. Tout à coup, le prêtre s'arrêta. La fillette allait se trouver mal.

— Mon Dieu, mon Dieu; qu'as-tu ? cria la mère.

Ce ne fut qu'un malaise ; l'enfant reprit ses sens au bout d'un instant.

— Mais vous, ma petite amie, ajouta le prêtre aussitôt, avec un ton paternel, les anges sont avec vous. Ils vous sourient. Dans le ciel, au milieu des chants et de la lumière, vous serez avec eux... Pour cela, écoutez bien ce que nous vous disons, et rien autre chose.

Quand Anne partit, il lui dit :

— La leçon a été rude ; il fallait frapper cette jeune imagination.

Le soir, l'enfant embrassa son père timidement, s'approchant de lui à petits pas, avec des arrêts, hésitante. Il la baisa au front et se mit à sourire, distrait par les cheveux blonds, baignant son regard dans les yeux bleus, passant son doigt sur les joues roses et fraîches, attendri par la mignardise de l'enfant qui, croyant toujours son père en colère comme le matin, semblait prête à pleurer.

Georges se méprit sur la cause de cette tristesse.

— Tu seras très bien à l'école. Tu auras de petites camarades qui joueront avec toi. Tu dessineras des bonshommes ; tu auras de gros livres.

— Comme toi?

— Oui. Un peu moins gros... Va dormir, ma chérie.

Il l'embrassa et elle sortit.

Dans son petit lit blanc, elle se blottit et ferma les yeux.

Sa mère la croyait endormie profondément et s'en allait. Tout à coup l'enfant se mit à crier :

— Maman, maman !

— Quoi donc, ma chérie?

— Maman, j'ai peur, j'ai peur...

— De quoi ?

— Oh ! maman, non, je ne veux pas y aller, non...

Et elle se dressa sur son lit, à demi éveillée, en proie encore au cauchemar.

— Non, ma chérie; mais où donc ?

— Où a dit monsieur le curé, non, je ne veux pas y aller.

Les yeux hagards, elle regardait sans voir, toute tremblante.

— Mais non, mais non, petite sotte. Les enfants sages n'y vont pas. Seulement il faut dormir.

— Et papa ? Je ne voudrais pas que papa y aille...

Et, tout à fait réveillée, elle ajouta :

— Pourquoi qu'il n'aime pas le bon Dieu, papa? Je veux lui dire, moi, qu'il faut qu'il l'aime.

— Non, ma chérie, ne parle pas de cela. Tu sais ce qu'a dit monsieur le curé... Plus tard, plus tard... Prie seulement pour que ton papa aime le bon Dieu...

— Oh ! oui, maman.

— Et pense aux petits anges... Tiens, regarde-les. Ils volent autour de ton lit, avec leurs ailes blanches... Endors-toi.

La mère baissa la lampe. La fenêtre était entr'ouverte. Au loin, on apercevait les regards des astres et le chant rythmé des grillons, monotone, montait et descendait dans la nuit. Suzanne, les yeux mi-ouverts, regarde une étoile. Peu à peu, la clarté rayonnante s'élargit, emplit sa prunelle. Elle ne voit plus rien d'autre, et la lueur envahit toute la chambre... A demi sortie du monde réel, elle se sent enveloppée de cette lumière et des formes inconnues apparaissent devant ses yeux charmés... Ce sont des anges, sans doute, qui accourent vers elle des profondeurs de l'infini. Et, dans leurs mains, ils portent d'étranges roses aux pétales d'arc-en-ciel, des roses mille fois plus belles que celles du jardin et que son père laisse tomber, tandis qu'elle emporte, triomphante, des brassées de fleurs...

Le lendemain, à midi, son père l'interrogea.

— Tu as été bien agitée, cette nuit. Tu n'étais pas malade ?

— Non, papa. Tu sais, j'ai eu des roses plus belles que celle du jardin.

— Ah ! Et qui te les a données ?

— Les anges. Je les ai vus cette...

Un coup d'œil de la mère arrêta net l'enfant qui rougit.

— Trop d'imagination, reprit Martin. Il faut calmer cela.

Personne n'ajouta rien, mais un coup d'œil complice fut échangé entre la mère et la fille.

De ce jour-là data leur premier mensonge commun à l'égard du père.

— Ne parle pas de ces choses-là devant papa, reprit la mère, sévère, quelques instants après, quand elles furent seules.

L'enfant réfléchit un instant, puis elle répondit :

— Oui, maman, je te le promets. Mais s'il me demande...

— C'est bien facile de ne pas répondre !

— Mais s'il me demande, insista-t-elle, ce que me dit monsieur l'abbé, ou tante, ou bien s'il m'interroge sur mon catéchisme ?

— Tu sais ce qu'a dit monsieur le curé? Réponds qu'on ne te dit rien, que tu ne l'apprends même plus, ton catéchisme — est-ce que je sais, moi... n'importe quoi... Tu n'es pas si bête que ça !

— Mais alors, c'est un mensonge ?

— Mais non, mais non, puisque monsieur le curé le commande. Et puis, c'est pour le bon Dieu. Tout ce que le bon Dieu veut, c'est bien... Tu n'as pas à discuter.

L'enfant se tut. D'ailleurs, d'imagination vive, elle était peu disposée à raisonner longtemps et elle préférait se laisser aller au jeu des chimères.

Oh ! les jolies choses qui passaient dans sa tête quand elle errait dans le jardin ! Toute la terre se transfigurait. Au fond, près de la tonnelle, était un amas de pierres, destiné sans doute à un rocher artificiel qui n'avait jamais été construit. Un grand pommier bénissait de ses larges rameaux toute une extrémité de verger, et ce coin abandonné, où la nature reprenait sa liberté, était le « *luogo d'incanto* » de l'enfant. Des roses passaient leur tête lourde à travers les rameaux des vignes ; dans l'ombre, des pieds-d'alouette étendaient la chevelure de leurs feuilles, et les scarabées, les libellules, les ichneumons peuplaient cette nature exubérante de mouvements multicolores. De la vie flottait, tourbillonnait dans la clarté, et la lumière même vivait. Des vols d'abeilles y faisaient des éclairs. C'était, pour la petitesse de l'enfant, un monde plein de senteurs, d'ombre religieuse et de coloris éclatants — comme un lambeau de paradis. Le regard mi-clos, elle y restait immobile, la tête vague, laissant ses yeux fixes se peupler de mirages, créant un Éden semblable à ce coin de jardin, un Éden où l'on verrait aussi des bêtes merveilleuses, des chèvres très blanches, des oiseaux aux mille chants, des flèches de lumière qui auraient des voix et des océans d'ombre bleue où elle flotterait et se dissiperait elle-même, mêlée à la vie mystérieuse des parfums, des rayons et de l'harmonie.

Aussi ce ne fut pas sans appréhension qu'elle partit en classe le lundi matin. Entrer à l'école pour une fillette qui a vécu sans cesse à l'ombre des volontés familiales, c'est un des événements graves de la vie. Tant de heurts froissent sa sensibilité, avivée comme celle d'un membre longtemps enveloppé qu'on abandonne brusquement au contact douloureux des mille objets qui l'entourent ! Toutes sortes de choses choquent ses regards. Le matin est froid et pluvieux, les hauts pilastres de l'entrée, noirs, écrasants, hautains... Il semble à la petite Suzanne qu'elle marche dans un rêve. Des bruits perçants sonnent à ses oreilles ; des raies, des taches mouvantes passent devant ses yeux qu'elle ouvre tout grands ; elle n'entend et ne voit rien de distinct. Elle sent seulement que quelque chose la serre là, à la poitrine, et que rien, pas même les plus douces friandises, ne passerait. Elle refuse le bonbon que lui tend son père en entrant. Tout est grand et vaste, et qu'on est petit, petit dans cette immense salle où il y a des choses en couleur, inconnues, rigides, où tout reluit, où tout est rangé, symétrique, sous un plafond immense ! Isolée, perdue, elle regarde. Par moment, brusquement, une fillette, moqueuse, se tourne de son côté et rit dans sa manche... Au mur, tout à coup, un tableau lui a tiré les yeux : c'est un squelette.

« La mort ! » pense-t-elle.

Elle a l'instinctive horreur des squelettes, et à la page de La Fontaine où la Mort frappe l'épaule du bûcheron, elle tourne hâtivement le feuillet, tremblante... Malgré elle, ses yeux retombent sur cette image, et elle se sent glacée d'effroi. La maîtresse parle : elle entend à peine ; ses compagnes vont et viennent, disciplinées, dressées ; elle sait mal ce qu'elle doit faire ; on la pousse, elle suit, mais elle se trompe, se lève s'il faut s'asseoir. On pouffe autour d'elle ; ses larmes sont prêtes à jaillir. Et là, tout près, le ricanement du squelette !

Mais l'institutrice a vu la détresse de l'enfant ; elle est venue à elle avec bonté ; elle veut l'embrasser. Pourquoi Suzanne s'est-elle retirée ? Est-ce parce que des têtes curieuses se sont tournées vers elle ? Aurait-elle entendu prononcer par sa mère une parole de défiance ? Ou bien est-ce pour rien, parce qu'un sanglot ne voulait pas sortir encore, que le moment n'était pas venu où l'âme, gonflée, déborde et s'épanche, parce qu'elle n'a pas senti un regard câlin — ou bien parce que la maîtresse l'a trop flattée, qu'elle a été trop aimable ?... Elle aurait dit simplement : Suzanne ! en la regardant bien, d'un air sérieux, comme elle le fait avec une grande, que peut-être ça aurait été tout seul : on ne sait jamais !... La voici, la main dans celle de la maîtresse, mais tête basse, rechignant à la suivre, boudeuse. Elle sent quelque chose de gros qui monte, monte en elle, puis un frémissement qui devient une révolte de tous les muscles, une envie de trépigner ou de mordre. La maîtresse a quitté sa main : heureusement. Rouge, butée, elle reste les yeux fixes sur son ardoise neuve. Une voisine charitable prend son cahier, veut lui tracer un modèle : elle le retire et le renferme dans son coude, comme derrière un rempart hostile.

La petite voisine lève les yeux, regarde la maîtresse et sourit, d'intelligence avec elle pour prendre en pitié la nouvelle.

— Laissez-la, elle s'habituera.

Suzanne n'ose faire un mouvement. Il semble que toute la classe la regarde, que, dans le silence élargi, elle soit là, toute seule, en spectacle au milieu de ces regards, de ces oreilles, de ces objets étrangers... Une tempête gronde dans cette petite âme, une de ces grandes souffrances d'enfant qui vous laissent croire que rien au monde n'existe plus, qu'on est abandonné dans un grand désert ou dans la forêt des loups, que personne ne vous aimera jamais. Pourtant, elle ne pleure pas, elle ne pleurera pas. Non, voici même qu'au bruit de ruche de l'école, peu à peu, le bouillonnement s'apaise en elle.

On chante. Les voix frêles s'accordent et, dans le matin, sous le soleil, c'est un souffle plus doux qui passe. Chose étrange, merveilleux pouvoir de la mélodie : au battement d'aile du rythme, voici Suzanne qui revient à ses rêves de la nuit, à l'étoile vivante qui descendait vers son lit blanc. Des images radieuses l'éblouissent, cependant que le chant berce sa pensée ; elle tend toute sa petite âme d'enfant vers sa mère, vers sœur Béatrix qui, dans un coin de l'oratoire, murmure des paroles douces, vers la Vierge et les anges et, tandis que la maîtresse parle, conseille, dirige, l'enfant a quitté la salle et vagabonde dans les pays du rêve... Elle commence à vivre parce qu'elle ne touche plus à la vie...

IV

Suzanne, petit à petit, s'accoutuma à l'école et à ses tâches régulières. Georges était satisfait de la voir soustraite, au moins pendant une partie de la journée, à sa mère et à l'entourage de celle-ci. La plupart du temps, il rentrait à la maison en même temps que l'enfant et de cette façon il l'avait davantage près de lui. Cependant, souvent sa mère l'emmenait et Georges soupçonnait que ces sorties étaient pour l'église ou la sacristie. Pourtant, quand il interrogeait l'enfant, celle-ci lui répondait, de la façon la plus naturelle du monde, qu'elle venait de voir madame Noguay ou de prendre l'air sur le boulevard du Chemin de fer. La mère et la fille s'en allaient à l'église comme en partie défendue, et, pour Suzanne, c'était une sorte d'école buissonnière où se satisfaisait l'obscur instinct vagabond et trompeur des enfants. Le père, absorbé d'ailleurs, content de la voir aller et venir, joyeuse, dans le jardin, n'insistait guère. Elle était bien jeune et toutes ces imaginations enfantines se dissiperaient d'elles-mêmes avec l'âge.

Fallait-il risquer de rompre la paix relative de son ménage ? Sans doute, son bonheur ne reposait guère que sur un fragile compromis ; d'énormes fondrières s'étendaient sous ses pas. Mais c'était un homme de livres, perdu dans ses travaux intellectuels. Comme c'est une belle chose que de feuilleter des pages, de sentir une pensée claire flotter au-dessus des signes et de quitter le coin où la vie vous attache pour vivre dans l'éternité des idées, aux côtés de Platon ou de Virgile ! Et comme alors, par une merveilleuse illusion qui vous enveloppe d'un nuage de rêves, on marche parmi les dangers de la vie sans les voir, sans même les soupçonner, en fixant les yeux sur un point lumineux et beau qui masque le reste ! La joie de voir grandir un enfant, les satisfactions menues et multiples, les petites touches répétées des contentements quotidiens, l'atmosphère familiale, la simple sensation physique de sécurité et de silence actif dans un bureau frais, où retentit un éclat de rire enfantin, où meurt un accord de piano atténué par les tentures, tout cela vous fait vous arrêter hésitant derrière le voile qui recouvre l'avenir, sans vouloir imaginer ce qui s'y cache — écoutant le petit bruit endormeur de l'existence qui coule...

Georges acceptait ainsi sa vie, avec un peu de la mélancolie de l'homme qui a vécu de belles heures d'amour dont il renferme précieusement en lui le souvenir. Et d'ailleurs n'avait-il pas cette enfant blonde pour le consoler par sa présence lumineuse de la ruine de quelques rêves ? Il s'intéressait directement aux petits travaux de l'enfant, qui d'ailleurs étudiait avec régularité, quoique sans ardeur particulière. Et il s'étonnait même de trouver dans les jouets de la fillette moins de catéchismes et d'ouvrages de piété : instinctivement, Suzanne, ayant senti le différend qui séparait ses parents, les dissimulait. Elle le faisait, il est vrai, avec la maladresse de cet âge. Un jour qu'elle jouait avec son père, elle lui dit :

— Je t'aime bien, mais toi, pourquoi n'aimes-tu pas le bon Dieu ?

— Qui t'a dit cela ?

L'enfant fit une mine malicieuse, mit son doigt sur sa bouche et ne répondit pas.

— Voilà, dit-elle.

Il la pressa.

— Je le sais bien, va. Et puis maman et monsieur l'abbé le savent bien aussi.

Martin ne répondit pas. Et que dire ? Pouvait-il répliquer à l'enfant par des affirmations brutales, qui répugnaient à sa nature — par des doutes ou des ironies ?

Il s'effraya de toucher à cette âme puérile, dont toute la vie morale reposait sur l'idée de Dieu. L'enfant ne vit-il pas au milieu des illusions, des mensonges et des conventions — du bon Noël au chou natal, des fées au Père Éternel — qui encadrent mieux sa grâce et ses dons qu'une vérité attristante ? N'était-ce pas un acte de brutalité que de lancer toute son autorité paternelle au travers du jardin enchanté de ses croyances ? Elle était jolie et naïve et regardait Georges avec des yeux limpides... Fallait-il la jeter dans un de ces troubles nerveux qu'il redoutait ? La vie lui apprendrait les réalités... Et que répondre d'ailleurs à une enfant qui, dès l'âge le plus tendre, croit aux puissances surnaturelles ?

— Tu l'aimes donc, toi ?

— Oh ! oui !

— Et tu le connais ?

— Oui. Je l'ai vu.

— Tu l'as vu ?

— Oui. Il a une belle barbe blanche et il marche sur des nuages.

— Tu as vu des images. Mais c'est tout.

— Je te dis que je l'ai vu, là !

Et elle frappa du pied. Les yeux fixes, entêtée, elle regardait devant elle. Elle avait certainement vu Dieu : Georges le comprit.

— Nous reparlerons de cela quand tu seras plus grande. Pour le moment, aime surtout ton papa et ta maman. Et puis, ouvre les yeux et tâche de ne pas trop rêvasser.

Anne s'aperçut vite de ce qui s'était passé ; elle gronda sa fille qui, prise en faute, pleura et, de plus en plus, se mura dans sa vie intérieure.

Tous les matins, dans la chambrette, c'était, dès le réveil, la prière à genoux. Puis, elle partait en classe, munie de sa médaille de la Vierge et de son petit scapulaire. En rentrant, à déjeuner, c'était un *benedicite* que l'on expédiait avant que le père fût là. Après quatre heures, il n'était pas rare qu'on allât au couvent ou à l'église – ou bien on recevait une visite du prêtre et parfois de sœur Béatrix.

La petite religieuse était la grande amie de Suzanne. Un peu enfant elle-même, avec son visage rond, sans expression, sa voix douce, toujours murmurante, ses yeux vagues où les objets semblaient se fondre sans se refléter, elle s'amusait puérilement à des riens. La tête pleine de superstitions, elle eût enniaisé la fillette en lui décrivant tout un paradis de bazar et de pacotille à moitié païen, rempli de clinquant et de lampions, une sorte de Walhalla chrétien pour enfants sages, avec des gâteaux et des confitures. Mais Suzanne, plus imaginative que sensuelle, rectifiait ces visions : les oiseaux et les fleurs s'ajoutaient à cette conception par trop matérielle. Puis sœur Béatrix n'ignorait aucune des légendes de l'Histoire sainte et toutes deux revivaient les merveilleux contes de Joseph, d'Abraham, de Tobie et de saint Nicolas. Elle connaissait mille petites pratiques dévotes qu'imitait l'enfant. Des images possédaient des vertus singulières ; tel chapelet préféré avait été bénit par monseigneur — et Suzanne se rappelait le prélat, tout couvert d'or et d'argent, comme un personnage de vitrail que les yeux se fatiguent à contempler... Voici la prière circulante qu'il faut adresser à neuf personnes qui, elles-mêmes, la renverront à d'autres. Si la chaîne n'est pas interrompue, vous recueillerez des bénédictions infinies... Voici l'image de la Vierge qui vient de Rome et devant laquelle il suffit de prier pour obtenir neuf jours d'indulgences... Et Suzanne regardait, les yeux troubles, la petite carte enluminée qui arrivait de si loin, de la ville de Dieu, où son imagination bâtissait des palais remplis de chants merveilleux. Car, en elle, toutes les visions se prolongeaient en harmonie, naturellement, par une transformation insensible et, sous les voûtes constellées, les lumières étincelantes même chantaient. La voix profonde des orgues, aux dimanches de fête, dans la vieille église Saint-Grégoire, la jetait dans un transport singulier, tout physique d'abord : son corps vibrait comme, sous les voûtes, vibraient les larges accords ; puis, invinciblement, une sorte de demi-sommeil la gagnait ; ses yeux restaient fixes, sans plus rien voir, et alors, sur le petit banc de chêne, cette gamine à tresse blonde n'était plus là. Dans la grande houle où sautillaient des notes aiguës, comme des franges d'écume, elle se laissait porter, flottant dans l'harmonie, dans des vagues lumineuses, vers des îles dorées, loin de toute réalité, jusqu'aux parvis féeriques où réside Dieu... Alors elle n'imaginait plus même ce Dieu, elle oubliait le Père Éternel de sœur Béatrix, pareil à un vieux modèle à barbe blanche, mais elle vivait d'une existence à demi consciente, presque immatérielle ; elle était cette chose flottante, musicale, délicieusement heureuse que doit être une âme d'élue... *animula, blandula, vagula...* L'enchantement fini, il lui semblait qu'elle rentrait dans son corps comme dans un refuge passager, pareille à l'oiseau qui se pose au creux d'une muraille après avoir parcouru l'azur.

Dans ces moments-là, dont elle avait d'ailleurs à peine conscience, la foi simpliste de sœur Béatrix était dépassée par les effusions sentimentales d'une enfant nerveuse. Mais la plupart du temps, Suzanne vivait avec ces personnages célestes comme avec une famille nombreuse qu'elle connaissait bien, où Dieu était respecté et craint. Déjà, elle s'attachait davantage à la figure séduisante de Jésus, Dieu des femmes et des sentimentaux. Déjà, elle craignait de ne jamais le satisfaire assez par ses adorations et ses prières. Quand le dernier grain du chapelet tombait, elle se demandait si c'était suffisant, si le compte y était bien.

— Encore un, disait-elle.

Elle reprenait un grain, deux parfois, et recommençait... Mais Jésus serait-il satisfait? Que c'était peu lui donner, vraiment, que ces bouts d'oraison! Elle s'ingéniait alors à trouver des formules nouvelles; elle apprenait des prières latines dont elle ignorait le sens.

Inquiète et nerveuse, sans cesse elle craignait de le mécontenter. Un jour, souffrante, elle ne put aller à l'office : elle faillit en faire une maladie. De grands sanglots la secouaient; mais, seule, sœur Béatrix connut la cause de ce chagrin. Il fallut qu'elle vînt la consoler et l'assurer qu'il n'y avait point là de péché.

Une des plus grandes crises de cette enfance tourmentée vint de ce qu'un jour, dans un moment de colère, ayant jeté un bâton sur des poussins qui saccageaient son parterre, dans le coin favori du jardin, une des malheureuses bêtes, atteinte à la tête, tomba, agitant dans le vide ses petites pattes. Elle fut grondée par sa mère — c'était bien superflu, car l'enfant était déjà tout en larmes — et maladroitement, madame Martin-Pretax s'écria :

— Jésus ne t'aimera plus.

L'enfant pâlit, pâlit et faillit s'évanouir. Sa mère la retint.

— Mais si, petite sotte! il t'aime toujours. Tu ne recommenceras plus, voilà tout.

Mais Suzanne, la poitrine haletante de sanglots, ne pouvait se consoler. Tout le jour, elle revit le poussin frêle et duveté, son petit œil rond qui se soulevait avec peine et qui se refermait pour toujours, cette pauvre existence finie, un peu de vie qui s'éteignait dans l'immense univers. Et des flots de pitié coulaient de son âme.

« Jésus ne peut pas me pardonner... »

Elle voyait le Jésus des chromos, qui porte un agneau sur son sein, la repousser avec horreur, car elle avait tué une de ses créatures. Toutes les angoisses de l'être qui se sent loin du cœur aimé, cette enfant les ressentait avec l'exaltation habituelle de sa nature inquiète.

« Jésus ne m'aime plus! »

Et dans sa chambre, elle se roulait de désespoir.

Cela dura jusqu'à ce que le prêtre l'eût reçue en confession, le soir même, et l'eût lavée de tout péché.

Elle avait alors onze ans. C'était une fillette un peu frêle, au joli visage allongé et clair, aux yeux bleus, qui, à l'école, accomplissait sa tâche avec soin et, à la maison, restait la plupart du temps docile et silencieuse. Mais une âme ardente habitait en elle et les moindres événements la troublaient parfois profondément.

Une autre crise fut occasionnée par la révélation brutale de la mort. Jusque-là, les idées ou les images relatives à la mort s'enfuyaient dès qu'arrivées à son esprit, comme auprès d'un pôle répulsif. Mais un jour, un malheur survint dans le voisinage. Un enfant qu'elle connaissait, heurté par une voiture, eut la poitrine défoncée. Suzanne rentrait de classe. Dans la foule, elle entendit ces mots :

— Il est mort.

Et elle vit un petit corps inerte, des bras qui retombaient, du sang, une pauvre face aux yeux clos...

Elle rentra, terrifiée, tremblante. On fut obligé de la coucher et de lui raconter que l'enfant n'était qu'évanoui.

Mais l'affre de la mort avait empoigné son âme.

Elle en restait fébrile; elle ne mangeait plus. Son père essayait de la distraire en la promenant dans la campagne. Sur le bord de l'Œuf, parmi la vie pullulante des marécages, une libellule était à portée de sa main, pareille à une soie frissonnante sur une aiguille de métal bleu; il la prit.

— Ne la tue pas ! ne la tue pas ! s'écria-t-elle.

Il laissa fuir la bête qui ondula dans les roseaux.

— Tu as raison; il faut laisser vivre les bêtes.

— Je voudrais que personne ne meure, dit-elle, songeuse.

— Ça, c'est une autre affaire, répondit Georges souriant.

Mais, comme il voyait de nouveau l'inquiétude fixer les traits et agrandir les yeux de l'enfant, il reprit :

— Il ne faut pas avoir de ces idées-là. A ton âge, c'est à la vie qu'il faut penser. Joue et regarde comme tout est heureux par ce beau temps. Respire les fleurs, cours, amuse-toi et voilà !

— C'est vrai... Et puis, on se retrouve là-haut !

Il eut un signe de tête dubitatif.

— Je le sais, reprit-elle. Je veux te retrouver, avec maman, là-haut, dit-elle en se serrant vers lui.

— Vrai, ma chérie ? Et pourquoi ?

— Parce que je vous aime bien... Et puis sœur Béatrix aussi.

Elle leva les yeux vers lui, et il la regarda. Sans doute, c'était l'éternel cri qui venait de sortir de cette bouche puérile ; le cri de détresse de la vieille et douloureuse humanité, le grand cri de la peur du néant, qui du fond des millénaires se répercutait chez un enfant — petite fleur tremblante d'espoir humain qui naît et s'accroche par hasard sur le précipice immense du temps.

— Tu es gentille. Nous aussi, nous t'aimons bien ; mais, vois-tu, il faut aujourd'hui surtout s'occuper de jouer.

Il n'ajouta rien ; elle était trop sensible, trop prête aux larmes. Mais il rendit plus fréquentes ses promenades avec elle. Il lui expliquait la nature, les raisons des phénomènes, cherchant à bien ancrer en elle l'enchaînement des causes, à l'amener à considérer les réalités, à regarder de près les faits, sans se perdre dans les rêves. Elle écoutait d'ailleurs avec intérêt ses développements sur les fleurs, les transformations des bêtes, la vie et la mort des astres.

Martin savait rendre ces notions familières et simples ; mais, sans le chercher, simplement parce qu'il n'était pas un croyant, ses paroles heurtaient parfois la religion, car il ne la voyait pas devant lui. Cependant, comme il n'opposait pas de parti pris les données scientifiques aux légendes bibliques, les deux choses coexistaient dans l'esprit de l'enfant sans se faire de tort — et Suzanne vivait dans le monde du surnaturel chrétien comme on vit dans le monde des fées. Cela ne touchait pas à la réalité, c'était au-dessus, en dehors... Cependant, Martin se disait que, plus tard, habituée à l'observation, aux preuves, elle aurait au moins la supériorité sur d'autres de dépouiller ses croyances de ces superstitions qui en sont les scories.

Quand il lui arrivait de heurter des dogmes précis, des affirmations de catéchumène, alors Suzanne n'entendait plus. Un masque froid remplaçait son visage curieux et ouvert ; sur son front apparaissait le pli entêté qui marquait autrefois le visage de sa mère... Un jour, irrité de ce silence, sentant que sa pensée ne pénétrait plus dans le cerveau de son enfant, il en oublia sa résolution et s'emporta, traitant de billevesées et de mensonges tout ce que racontaient l'abbé Brault et cette dinde de sœur Béatrix.

Suzanne, suffoquée, pâlit tout à coup... Elle put retenir ses larmes. Mais cet effort la brisa. Ils étaient heureusement sur le point de rentrer. Elle courut à sa chambre, s'agenouilla devant la Vierge.

« Ne croyez pas, Vierge Marie, que j'écoute tout ce que m'a dit mon papa... Je vous aime trop et mon papa est méchant. »

Au dîner, elle ne dit presque rien, se forçant à manger pour qu'on ne lui fît pas remarquer son manque d'appétit et pour qu'on la laissât tranquille. Elle punissait son père en évitant de le regarder, en répondant par monosyllabes à ses questions. Martin-Pretax se mit à jeter un coup d'œil sur son journal. Alors, elle leva les yeux lsur lui. De voir aller et venir les mâchoires lui semblait malpropre, vulgaire. Pour la première fois elle songeait à son père avec un sentiment de rancune, de défiance. Comme il s'occupait bien d'elle ! Il l'avait fait pleurer, et maintenant, voilà qu'il mangeait tranquillement !... Dire qu'il ne lui arrivait rien de désagréable ! S'il se piquait la lèvre ou s'il se coupait le doigt, ce serait bien fait. Dieu le punirait ! Sa colère d'enfant effaçait toutes les bontés paternelles. La barbe rousse, toujours un peu hirsute, flamboyait sous la lumière jaune de la lampe... Les yeux, derrière le lorgnon, avaient d'étranges lueurs... Une idée folle lui traversa l'esprit... Les yeux écarquillés, elle regardait son père. Était-ce lui qu'elle avait vu tantôt — ou bien une image diabolique, faite à sa ressemblance ? — Mais non, pourtant, elle se souvenait ; elle était revenue avec lui et ne l'avait point quitté... Devant ses yeux, dans la lumière vive et rouge de la lampe, des figures voltigeaient. Tout le monde fantastique des rêves s'agitait et il lui semblait que son père eût quelque ressemblance avec le maudit...

Pourtant, comme il se mit à demander paisiblement du fromage, elle retomba aussitôt dans la réalité. Non, c'était bien son père, son brave homme de père qui la gâtait souvent, qui était son compagnon de jeu et de promenade... Et c'était lui qui avait fait cette peine à sa petite fille, qui avait prononcé ces cruelles paroles ! Elle ressentit de cet horrible conflit entre son affection et sa foi une douleur si profonde, un coup si dur, même physiquement, qu'elle poussa un cri, vite étouffé.

— Qu'est-ce qu'il y a ? qu'as-tu ? s'écrièrent les parents, d'une seule voix.

Mais Suzanne, rouge, honteuse, balbutiait :

— Rien, rien ; je me suis mordu la langue.

— Quelle idée de hurler ainsi !

L'enfant se mit à pleurer ; de grosses larmes coulaient sur ses joues tandis qu'elle restait assise sur sa sa chaise, les mains pendantes, la tête baissée.

— Allons, allons, c'est bien du bruit pour peu de chose, dit la mère.

Rouge, la figure gonflée, l'enfant se coucha, en claquant des dents.

Elle était tapie dans son petit lit depuis quelque temps déjà, lorsqu'elle entendit des pas auprès d'elle. Elle entr'ouvrit ses paupières. Son père s'asseyait à son chevet. Elle fit semblant de ne pas le voir, ferma les yeux, et elle attendit. Georges ramena le petit édredon, écouta la respiration de l'enfant et lui prit la main doucement pour s'assurer qu'elle n'avait pas de fièvre ; puis il approcha son visage du sien et effleura les cheveux de ses lèvres...

Suzanne ne put résister.. Toute sa souffrance fondit d'un seul coup, et elle enlaça la tête de son père en serrant sa joue contre la sienne.

— Petite dissimulée, qui ne dormais pas ! Fais dodo, ma chérie.

Elle l'embrassa de nouveau et s'endormit tranquille jusqu'au petit jour, toute pleine de la douceur et de l'apaisement de ce baiser... Mais, quand elle s'éveilla, un jour douteux, gris et froid, passait à travers les volets. Dehors, on entendait le ruissellement de la pluie. Un frisson parcourut l'enfant. Au milieu de sa prière, elle se heurta tout à coup aux souvenirs de la veille.

Elle s'était endormie sous la caresse de son père et il lui semblait maintenant que Jésus fût courroucé. Les mots de l'oraison passaient sur ses lèvres sans avoir le goût de miel des prières ferventes... Des images terribles assaillaient son esprit ; elle se vit rejetée d'un geste de Dieu, loin de la Vierge et des saints, dans l'ombre, dans le noir, dans d'horribles abîmes grouillants... Puis sa pensée revenait à son père ; elle revoyait le visage sérieux et souriant à la fois, les siestes dans la prairie, les bonnes paroles et les jeux de son enfance, et alors elle restait effrayée, anéantie par

cette lutte horrible entre tout ce qu'elle aimait, entre son père et son Dieu. Dans le demi-sommeil du matin, encore tout embué de rêve, tous ces personnages étaient également vivants... Elle se traînait aux pieds de Jésus, aux pieds de la Vierge, et il lui semblait que celle-ci détournait la tête... La douleur se fit si intense dans son imagination surexcitée qu'elle se leva sur son lit. Et, dans un grand élan, elle tendit les bras comme pour saisir la robe de l'Immaculée ; mais celle-ci, pure et blanche, sévère, passait et refusait de voir son enfant.

Ce fut si poignant, si dur, que de sa détresse jaillit, dans un sanglot, cette monstrueuse prière :

« Oh ! mon Dieu, faites que j'aime moins mon papa ! »

Cependant, la lumière dissipait les fantômes petit à petit et rendait à toute chose ses formes et sa réalité. Le monde des esprits s'enfuyait, chassé par les rayons. Les petites actions de la vie entraînaient l'enfant dans leur glissement quotidien : la classe, les camarades, les jeux dispersaient les vapeurs de ses rêves ; elle redevenait la petite écolière paisible et, à voir cette blondinette aux yeux cernés par une nuit de mauvais sommeil, la maîtresse ne se fût pas doutée que, dans cette âme puérile, se jouait par moment l'affreuse tragédie des amours inconciliables.

Le naturel de l'enfance, heureusement, reprenait le dessus, et, quelques jours après, elle avait oublié ce que, dans un moment d'exaltation, elle avait demandé à Dieu.

Chaque jour, elle priait pour son père avec plus de ferveur afin qu'il se convertît. Mais il demeurait en elle je ne sais quelle crainte de se trop donner. Parfois, en folâtrant avec lui, se roulant sur ses genoux avec les mille agaceries d'un enfant à un père affectueux, elle s'arrêtait brusquement et regardait le vide, les yeux fixes, immobilisée dans son élan. Petit à petit, elle se surveilla davantage, et, surtout au moment de sa communion qui approchait, elle se sentit tout enveloppée de la présence des êtres divins. Il lui semblait qu'ils observassent toutes ses actions, qu'elle les coudoyât comme elle faisait pour ses parents et ses amis, à tel point que, dans les actions les plus vulgaires, elle se préoccupait de leur regard. En mettant la table, elle s'appliquait à disposer habilement les couverts et les fruits sous l'œil — elle en était certaine — d'un archange ou d'un bienheureux qui s'intéressait à ses petits travaux. Elle se renferma de plus en plus dans la compagnie de ces êtres surnaturels, se détachant un peu de son père qui, toujours occupé, ne voyait qu'une face de la vie morale de son enfant et qui espérait toujours que son influence grandirait avec l'âge de Suzanne.

Madame Martin-Pretax pressentait des difficultés au sujet de la première communion. Mais, avec l'obstination sourde de certaines femmes, elle allait à son but, sans rien dire, préparant tout, faisant suivre à la petite les exercices religieux à l'insu même de son père, la catéchisant en secret, avec l'aide de sœur Béatrix. Si Georges faisait quelque scène, on laisserait dire et on passerait outre.

A l'heure actuelle, elle était toute dans la main de l'abbé Brault, beaucoup plus que dans celle de son ancienne supérieure. Elle avait conservé avec l'ancien couvent les meilleures relations; mais les sœurs étaient des saintes restées femmes; il y avait parfois entre la mère Angélique et elle de petites jalousies, des compétitions, des rivalités. Leur ascendant sur l'ancienne pensionnaire avait diminué. Très loin du mysticisme imaginatif de sa fille, elle était chaque jour d'une dévotion plus étroite, toute faite d'habitudes; elle confondait sa vie dévote avec sa vie, les soins de son ménage avec les soins religieux, faisant ses confitures avec les recettes de la servante du curé, n'accomplissant pas un acte des plus simples — achat ou travail d'aiguille — sans demander conseil au petit cercle dévot, derrière un pilier, sans en informer l'abbé Brault, dont le long nez en gouttière savait s'abaisser sur une dentelle et flairer un parfum ; et, peu à peu, au contact des gens d'église, elle avait pris ces manières doucereuses, ces inclinaisons de tête, ces airs penchés et ces yeux au plafond qui sont le dehors uniforme de certaines dévotes. Elle deviendrait sans doute assez vite, l'âge aidant, ce que les prêtres, dans leur argot, appellent irrévérencieusement une grenouille de bénitier.

Tante Varnier-Pretax la dominait toujours, plus verbeuse et plus autoritaire, ayant conservé de la vie militaire l'habitude de régenter autour d'elle, regardant son « gendre » d'un œil sévère, quand il s'avisait de faire une observation quelconque. Il sentait, sous les manières polies, cette hostilité de la tante contre lui.

Souvent il s'ennuyait dans cet intérieur et il s'exilait dans son cabinet, tout à ses chers travaux, s'efforçant de vivre en paix avec les

siens, par manque de ténacité peut-être, par timidité parfois. Et puis vraiment, à quoi bon lutter ? Est-ce qu'une victoire de volonté vaut le jeu subtil des rêves dans une cervelle de lettré ? Après tout, ces gens-là vivaient sans faire de mal; leur façon de se mouvoir dans l'existence était à peu près celle de tout le monde; leurs pensées, très différentes des siennes, permettaient cependant une vie commune, grâce à son caractère généralement accommodant...

Alors, il regardait tante Varnier assise dans son fauteuil, tricotant ou brodant — peut-être des nappes d'autel, peut-être du linge pour sa femme. Cette tête jaunie, ce corps grêle sous ses vieux vêtements, cet être si proche de lui, c'était le centre d'un monde différent de celui qu'il habitait. Mille liens invisibles rattachaient cette vieille dame à des choses qu'il ignorait. Chacune de leurs pensées prenait des directions à peu près opposées, chacun des petits chocs de la vie faisait résonner en elle des notes différentes de celles qui émouvaient son âme. Le sourcil froncé derrière ses lunettes, les doigts voltigeant sur le canevas, tante Varnier restait silencieuse. Par moment seulement, une inspiration plus longue décelait la vie... Dans l'espace où se promènent les songes, il lui semblait que fatalement quelques-unes de leurs pensées allaient se heurter... Mais rien ne se rencontrait... Sa femme aussi s'asseyait là. Plus rien ne bougeait.

Les yeux vagues sur le journal, il laissait sa vie errer au hasard de ses sens dans l'appartement... Et c'était la paix — ou plutôt le calme.

Ce jour-là, il rentrait d'une petite course dans les rues, mouvantes des promeneurs paisibles et froids du dimanche. Il était allé seul, étonné comme à l'habitude du spectacle toujours nouveau de la vie, de voir des visages passer, des gens sourire, inconnus, anonymes, qui vont et viennent, étrangers à nous, de songer aux mille volontés qui s'entrecroisent, aux mille regards qui voient autre chose que ce que nous voyons. Il en ressentait une impression bizarre de vide, de solitude morale. Dans son cœur, aucun cœur ne venait se fondre.

Triste de sa promenade, de la joie qu'il découvrait ailleurs, il se trouvait dans un de ces moments où il faut peu de chose pour qu'un être se donne — ou se refuse ; qu'il soit prêt à verser dans l'amour, la joie, l'abandon, — ou bien, si un grain de sable se place dans les rouages de l'âme, qu'il se cabre, meurtri, éloigné à jamais.

Suzanne n'était pas là. Un peu de feu cliquetait dans l'âtre. C'était la tristesse morne des soirs provinciaux en hiver. Une cloche tintait et chacun de ses coups frappait douloureusement en lui, lui faisait mal aux nerfs. Sans courage pour réagir, il se sentait envahi par une marée d'ennui et de désenchantement. Une effusion, un sourire d'enfant l'eussent remis au ciel.

Ce fut tante Varnier qui parla...

— La première communion est fixée au mois prochain. Il va falloir s'occuper du costume.

Les paroles de la vieille dame, roides, impératives, étaient tombées dans le silence, comme dans un étang calme... D'un seul coup, Georges versa dans le mécontentement et la colère.

— Quoi? quelle première communion?

— Celle de votre fille, parbleu! dit tante Varnier de sa voix tranchante.

Ces mots, comme une lime qui grince, firent vibrer ses nerfs.

— Si elle la fait.

— Comment cela?

— Jusqu'à présent, on ne m'a pas demandé mon avis. Qui vous dit que j'ai l'intention de me prêter à cette comédie, dit-il, en outrant les mots, tout en contenant une explosion de colère où grossissaient et grondaient toutes ses vagues souffrances intimes. J'en ai assez que vous l'abrutissiez.

Tante Pretax s'était tourné à demi... Anne avait laissé tomber son étoffe.

— Comment! mais il y a longtemps que c'est une affaire entendue. Monsieur le curé...

— Ce n'est pas entendu avec moi. Il me semble que j'existe ici. On aurait pu m'en parler. Je le répète, cette enfant est abrutie de dévotion. Heureusement, elle commence à se reprendre un peu, parce que je suis intervenu. Il faut qu'elle se dégage de vos sornettes, parfaitement, de vos sornettes, cria-t-il en s'animant peu à peu.

Tante Pretax jeta un coup d'œil entendu à sa nièce.

— Vous lui demanderez son avis, dit-elle simplement.

— Nous verrons. Allez coucher à l'église, si vous voulez; ma fille est à moi, et je n'entends pas que vous en fassiez ce que vous avez fait de sa mère, entendez-vous?

— Mon ami, dit Anne, tu pourrais ménager tes expressions. Voilà quatorze ans que nous sommes mariés. Tu n'as pas toujours parlé ainsi. Je voudrais bien savoir ce que tu as à me reprocher.

— Ce que j'ai... oh! rien, sinon que ma maison est une sacristie, que le curé commande chez moi et que j'y suis un étranger, un monsieur gênant peut-être, en tout cas un étranger, oui, un étranger... Est-ce que je sais ce qui s'y passe même? Tout y est gouverné du dehors. Moi, je ne compte pas. Eh bien! je veux ma fille et je la reprendrai. J'en ai assez, j'en ai assez!

Il sortit en claquant la porte et rentra dans son cabinet, arpentant fiévreusement la pièce. Tout à coup, il s'arrêta, écoutant. Des pas se hâtaient, avec des chuchotements. Il entendit fermer la porte de la rue.

— Elles sont sorties, dit-il... Parties consulter le curé...

Il ricana.

Nerveusement, il empilait les livres, froissait les journaux.

Cependant, la fillette rentrait, suivie de la bonne, la figure rosie par le grand air, souriante.

Martin l'appela. Un peu étonnée de son ton brusque, elle vint près de son père.

— Quoi donc, papa?

La colère de Martin-Pretax trépidait toujours. Maladroitement, il la heurta.

— Apporte ton catéchisme, ton histoire sainte.

L'enfant, interloquée, ne répondait pas.

— Apporte-moi ça, te dis-je, aussitôt.

— Mais, je...

— Tu n'en as pas, peut-être? Inutile de nier, n'est-ce pas?

Il ricana.

— Ah! tu commences à tromper, à mentir? Et c'est ainsi qu'on te prépare à une vie chrétienne? C'est du joli! Allons, plus vite!

Mais l'enfant, immobile, pâlit. Ses narines se contractèrent; elle hésita un instant. Son père s'était levé, menaçant.

Effrayée, elle sortit et rapporta les livres. Martin les saisit, les feuilleta d'un doigt fébrile.

— Toutes ces fariboles-là, c'est ce qu'on te fourre dans la tête? Eh bien! ma petite fille, sur ces choses-là, c'est moi qui t'instruirai. Et ces livres-là, voilà ce que j'en fais.

A la volée, il jeta les livres dans la flamme du foyer.

— Papa, oh! papa!

L'enfant poussa un cri de douleur.

Impitoyable, Martin continua :

— Et cette première communion, que je n'en entende plus parler ! Je t'interdis absolument d'y songer !

Il se retourna, comme n'ayant plus rien à dire.

Mais, tout à coup, quelque chose s'écroula sur le plancher... Brusquement, il se précipita...

Suzanne, à terre, semblait morte.

***

Les dames Pretax rentraient. Anne devina aussitôt ce qui s'était passé. Tante Varnier jeta un coup d'œil haineux à Georges.

— Qu'y a-t-il, qu'y a-t-il ? Suzanne, ma chérie !

Cependant l'enfant rouvrit les yeux.

Son regard tomba sur celui de son père et elle se mit à crier comme en proie à une indicible terreur.

— Quand vous l'aurez tuée, mâcha tante Pretax à l'oreille de Georges.

Il serra les poings, prêt à se jeter sur elle... Puis il se contint.

— Je vais chercher le médecin, dit-il.

Il sortit. Le grand air lui rendit quelque sang-froid... Il s'étonna un peu de sa violence... Dire que huit jours avant, peut-être, cette crise n'eût pas eu lieu ! Hier peut-être, il eût admis que l'enfant fît sa communion.

Cependant il revint seul. Le médecin était absent.

« Crise nerveuse, se dit-il ; cela passera. »

Malgré tout, il était inquiet. Aucune idée n'arrivait à le fixer. L'image de Suzanne malade dominait tout... Avant d'ouvrir la porte, il s'arrêta.

Des pas allaient et venaient à l'intérieur. Son cœur battit. Doucement il entra.

L'enfant semblait sommeiller. Il se pencha vers elle, toucha les mains chaudes.

Il interrogea sa femme.

— S'est-elle plainte ?

— Oui, de la tête.

Inquiet, il revint près du lit. La respiration était courte, les joues rouges. Il s'alarmait, maintenant qu'il était rentré à la maison. Rien ne le jetait dans le désarroi comme les indispositions de son enfant. Tout symptôme était pour lui effrayant et son imagination folle lui montrait si réelles, si actuelles les complications de chaque maladie qu'il endurait d'insupportables souffrances silencieuses. D'une fièvre de croissance, il

faisait une méningite en préparation et son cerveau construisait aussitôt d'horribles visions. Il voyait sa Suzanne morte, le petit corps raidi sous le drap blanc, la fosse remuée et sa propre vie perdue à jamais, privée de cet être blond et gracieux qui enchantait ses jours. Et alors, un sanglot lui venait à la gorge, ou bien il étouffait un cri arraché par sa souffrance imaginaire...

Il rentra dans son bureau... Mais rien ne le distrayait. Il se levait à chaque instant pour entr'ouvrir la porte, écouter la respiration de la fillette, trompant son impatience par le mouvement.

Toute sa colère s'était évanouie, chassée par l'anxiété. Maintenant, même, il se reprochait sa brusquerie. Pauvre petite Suzanne ! Pourquoi ce heurt, cette volonté cassante qu'il avait voulu imposer ? N'aurait-il pu s'y prendre autrement, la raisonner doucement ? Elle souffrait par lui ; elle était en danger, peut-être, à cause de lui. Si elle allait mourir, mourir par sa faute ?... Sait-on jamais avec ces natures nerveuses !

N'y pouvant tenir, il retourna chez le docteur. Celui-ci vint aussitôt. Il examina l'enfant, hocha la tête.

— Surexcitation cérébrale... chagrins d'enfant, une punition, sans doute ? Pour le moment, laissez-la en repos. Quand elle sera éveillée, vous me préviendrez...

Le docteur sortit avec Georges.

— Ce n'est pas grave ? demanda-t-il, désireux d'être rassuré.

— Je ne pense pas. Il y a eu une scène, quelque chose ?

Georges raconta au médecin ce qui s'était passé. Dans la figure barbue de celui-ci, un sourire parut.

— Un peu tard. Il eût été plus sage de réagir doucement et de vous y prendre plus tôt. C'est une enfant exaltée... Il vaudrait mieux la soustraire au milieu, la mettre en pension, n'importe quoi enfin... En attendant, n'être pas trop intransigeant... Bah ! quand elle ferait sa première communion ! Après, obtenez qu'elle s'en aille...

Georges saisit cette idée. Dans le désarroi de ses pensées, c'était quelque chose de solide, de résistant, à quoi il s'accrochait, quelque chose qui affirmait la vie, l'avenir. Un gonflement de rire nerveux lui chatouilla le gosier.

— Vous pensez que je ne suis pas si sot... Au fond, cela m'est égal, c'est une formalité, cette communion, comme d'être vacciné...

Il sentait de la joie en lui, car les paroles du docteur concordaient avec des sentiments qu'il n'osait s'avouer.

Il rentra à la maison, apaisé... Pour un peu, il eût appelé sa femme pour lui jeter sa résolution comme une bonne nouvelle. Mais il aperçut la figure fermée, pincée de tante Pr tax et s'enfuit dans son cabinet, de peur que sa colère ne revînt.

Malheureusement, l'enfant n'allait pas mieux. La fièvre avait augmenté. De la nuit, Georges ne put fermer l'œil, l'oreille aux aguets, cherchant à entendre la respiration de Suzanne, au milieu du bourdonnement du silence.

Le lendemain se passa dans les transes. Georges, fatigué par une nuit sans sommeil, les yeux rouges, allait et venait au milieu des choses, sans rien voir... Des feuillets abandonnés traînaient dans son bureau... A quoi bon travailler ? Rien ne lui réussissait... toute sa vie était encombrée de ruines...

Le médecin ordonna des compresses de glace. Les yeux pleins de larmes, Georges soulevait la petite tête, brûlante de fièvre... Un cri plaintif sortit des lèvres serrées... Il lui sembla qu'une aiguille lui perçait le cœur... Sa femme, plus calme, comme toutes les mères d'ailleurs, quand il faut soigner, bordait le lit, arrangeait les coussins...

De nouveau, la nuit vint, et, avec elle, tous les fantômes qui traversent les esprits comme des souffles glacés... Brisé de fatigue, Georges entendait dans sa tête sonner d'étranges bruits. Ses yeux se troublaient, et il lui semblait qu'une tenaille serrait ses tempes. Il s'endormit un moment vers les trois heures du matin.

Tout à coup il s'éveilla : l'enfant avait fait un mouvement. A la faible lueur de la veilleuse, il la regarda ; elle ouvrit les yeux et les referma aussitôt. Il monta la lampe et s'aperçut que l'enfant était moins rouge ; il saisit la petite main : elle était presque fraîche. Le contact éveilla Suzanne ; elle regarda son père et s'efforça de sourire.

Oh! ce sourire d'enfant malade ! Les yeux de Martin s'emplirent de larmes... La voix tremblante, il l'interrogea :

— Et ta tête ; as-tu encore mal ?

— Non, presque plus... Mais pourquoi... pourquoi es-tu là ? Et maman ?

— Tu étais malade... Maman est couchée... Tout à l'heure, c'était elle... Alors, ça va mieux ?

L'espoir était rentré dans le cœur de Martin comme une grande bouffée d'air dans une chambre étouffante.

Elle était sauvée !

Une pensée lui vint.

— Tu ne te rappelles donc plus que tu étais malade ?

— Non... ah ! si... oui...

Et la voix de l'enfant s'altéra. Les yeux devinrent fixes. Martin s'en aperçut et comprit : elle se souvenait ; elle se mit à trembler.

— Mon Dieu, mon Dieu, dit-il à mi-voix ; attends, attends, je reviens.

Et il courut dans son bureau, rapporta de la bibliothèque une bible à images et le catéchisme, échappé aux flammes.

Puis il les posa sur le lit.

— Tiens, voilà, chérie ! Tu vois. Guéris-toi. Regarde, je ne te contrarierai plus... Ta première communion, tu la feras, si tu veux...

Il souriait ; une allégresse de sacrifice et de bonté jaillissait en lui...

— Mon petit papa !

Il s'approcha d'elle et l'enfant sentit une grosse larme qui coulait sur sa joue.

Il se retira.

— Maintenant, il faut dormir en paix, dit-il.

Et Suzanne, apaisée, ferma les yeux, une main étendue sur la couverture de la vieille bible, l'autre dans la main de son père.

LIVRE SECOND

PREMIÈRE PARTIE

I

Lourd et massif, le vieux collège s'ouvre sur la ville par une porte cintrée et noire, dans une rue aux maisons hautes. Depuis dix ans, Martin-Pretax entre là chaque matin. Il a quitté Pithiviers avec avancement pour un important collège de chef-lieu. N'étant pas agrégé, il ne pouvait prétendre à un lycée et il enseigne la philosophie à Blois. Il se retrouve d'ailleurs dans sa ville natale, et maintenant que vingt-cinq ans se sont passés depuis ses débuts, il se rappelle encore, comme si c'était hier, la vieille valise que portait un voyageur à la barbiche rousse par un matin de décembre, où la ville frissonnait dans le brouillard, tandis que le train trépidant l'allait emporter vers une petite cité du Midi.

Dix ans. Il atteint la cinquantaine. C'est maintenant un homme mûr dont le poil grisonnant garde quelques lueurs fauves.

Tante Pretax existe toujours ; elle a loué un appartement à Blois où elle passe la moitié de l'année.

Le ménage vit toujours de la même façon. Martin y loge ce qu'il peut de bonheur, en s'illusionnant sur la réalité, en n'examinant pas de trop près tout ce qui l'entoure, en s'interrogeant le moins possible, semblable à ces personnes qui diffèrent de consulter le médecin car elles craignent qu'il leur découvre une maladie grave.

Suzanne a vingt ans bientôt. Moins blonde que dans son enfance, elle est toujours restée frêle et pâle... Il ne veut connaître d'elle que les joies qu'elle lui donne en l'accompagnant sur le mail de la Loire, ou à la terrasse de l'évêché, au milieu de la foule des promeneurs d'été...

Du dehors, le ménage des Martin-Pretax ressemble aux autres ménages bourgeois de la ville : l'intérieur est le même. Vous entrez dans une salle à manger cirée et luisante ; vous voyez des dames occupées à des travaux domestiques ou d'agrément, des housses soigneuses sur les fauteuils. Un piano dort dans un angle ; le bureau est plein de livres ; la vie est suffisamment large, quoique simple.

On ne distingue pas de déchirures au voile de bonheur que chacun tire devant son existence... Depuis six ans, ils vivent là-haut, dans ce quartier un peu sévère du Palais, qui domine la ville...

Que s'est-il passé depuis ce temps-là ?

II

La première communion... Martin s'isola de la famille.

Suzanne, toute pleine de ferveur, ne quittait guère l'église. Jamais communiante ne s'identifia davantage avec son Sauveur. Son état de santé se ressentait de cette crise mystique. Pâlie, distraite, les yeux au delà du réel, elle ne mangeait plus et s'émaciait de jour en jour.

Elle avait nettoyé son âme avec minutie, fouillé partout, dans tous les coins, et ces mots vulgaires expriment exactement l'impression quasi physique qu'elle ressentait. Cette âme lui apparaissait comme une blanche cellule de nonne, ou bien comme une légère étoffe immaculée que la moindre chose pouvait salir... Elle se voyait enveloppée de ce voile, dans un sentier de nuées... Elle n'osait plus penser... Elle craignait de marcher... Tout pouvait être occasion de pécher et tout était pour elle terreur de faillir... Regarder par la fenêtre les fleurs d'amandiers qui étaient si jolies, respirer le parfum pénétrant des chèvrefeuilles, n'était-ce pas pécher ? Aux repas, elle se reprochait le plaisir de goûter les aliments ; elle y ajoutait parfois du sel pour les rendre immangeables, comme fit le roi saint Louis... Mais en s'efforçant d'éloigner de son esprit des choses qui lui semblaient impures, et pour les chasser même, elle était obligée d'y revenir : ainsi sa pensée se tordait sur elle-même et jamais, jamais, croyait-elle, son âme ne serait le lac de blancheur qu'elle rêvait. Elle eût souhaité d'avoir la tête vide, creuse comme un fruit rongé ; elle en arrivait par moment à rester dans un état de stupeur, d'anéantissement intellectuel où elle trouvait la paix. Puis elle se calmait et redevenait pour quelque temps une petite fille pieuse et silencieuse, jusqu'à ce que des scrupules et des terreurs la rejetassent dans une agitation intérieure d'autant plus pénible que rien n'en paraissait au dehors.

Jusqu'au moment de la première communion, elle souffrit sans cesse. Mais, ce jour-là, comme par enchantement, ses scrupules cessèrent. Soulevée par l'événement, conquise par le décor, entraînée dans l'immense harmonie que faisaient les orgues, les costumes étincelants, les chants, les lumières, l'encens, elle se laissait porter par un océan de bonheur, au gré des vagues divines, heureuse, pleinement heureuse. — C'est la grâce, avait dit sœur Béatrix.

C'était la grâce. Elle le comprenait, et ce jour-là elle vécut dans un monde surnaturel. Ses couleurs étaient revenues ; sous les cils baissés, ses yeux rayonnaient. Elle eût voulu à jamais demeurer dans cet enchantement.

C'est pourquoi ce fut pour elle une chute profonde dans la réalité quand, quelques jours après, elle rentra en classe et qu'elle entendit la voix pointue de la maîtresse qui expliquait avec clarté les leçons de sciences ou de grammaire. Elle n'avait jamais livré son cœur à l'école, jamais senti le petit tressaillement d'affection qui la faisait bondir auprès de sœur Béatrix. La maîtresse était aimable et bonne, mais elle avait beaucoup d'élèves ; Suzanne ne retrouvait pas chez elle la préférence où son âme se fût abritée. Et puis, tant de paroles, de recommandations, d'insinuations l'avaient mise en défiance ! Toujours elle restait sur la défensive devant les enseignements qu'elle recevait, prête à dresser devant elle le bouclier de sa foi.

Après sa communion, Martin exigea qu'elle continuât ses études au lycée d'Orléans.

Elle y entra en octobre, au moment même où ses parents quittaient Pithiviers pour Blois. Elle devait y rester cinq années.

Ce n'est pas sans déchirement que Martin-Pretax se sépara d'elle, mais il jugea que cet éloignement aurait pour effet de la soustraire à l'influence trop grande de sa mère et de sa tante. D'autre part, il comptait sur l'enseignement du lycée pour rendre tout au moins ses croyances plus tolérantes, plus humaines, pour transformer l'étroite dévotion de madame Varnier en une religion plus large, compatible avec la destinée qu'il rêvait pour sa fille.

Suzanne suivait les cours du lycée avec la docilité habituelle qu'elle apportait dans tout ce qui ne contrariait pas sa foi. Trop distraite pour être une bonne élève en mathématiques — souvent son esprit errait pendant les leçons et les caractères à la craie que le professeur traçait au tableau flottaient devant ses yeux — elle réussissait mieux en littérature, en histoire. Elle s'adonna plus particulièrement à ces disciplines et, par une mode qui est fréquente chez les élèves, elle affecta de mépriser les études scientifiques et se rangea délibérément du côté des littéraires.

Tous ses travaux, d'ailleurs, la confirmaient dans ses sentiments. Dans l'art et dans la poésie, elle retrouvait ses émotions religieuses. Lorsque, après avoir goûté l'enchantement des rythmes ou des images, on se recueille, on écoute, il reste dans l'âme quelques grandes langueurs au bord des mers infinies de l'amour et du malheur ; il reste un retentissement profond aux parois de notre maison intérieure et il semble que ces échos ne soient pas ceux du monde réel, qu'ils se prolongent dans des directions inconnues, vers des issues lointaines, et que, au bout de tous les couloirs où l'on s'enfonce, on trouve l'inconnaissable et le mystère, — l'endroit où la pensée chancelle comme un homme qui perdrait pied tout à coup, où l'on tombe dans les bras ouverts d'une divinité, si l'on n'a pas le stoïcisme nécessaire pour regarder l'abîme sans crainte et sans vertige.

Elle fut une brillante élève pour toutes les matières qui exigent de l'imagination et du sentiment : poésie, art, musique, et elle fut à la tête d'un petit cénacle de croyantes et de pratiquantes, affichant hautement sa foi, bataillant au besoin contre des camarades et parfois contre les professeurs. Sans doute elle n'était pas restée au fétichisme de sœur Béatrix et les pratiques minutieuses de tante Pretax lui semblaient souvent bien puériles. Cependant elle les jugeait utiles, et elle les acceptait en leur donnant le caractère de symboles, comme de pieux pèlerinages à une tombe aimée, comme des actes matériels qui évoquent de grands souvenirs. Elle aimait aussi à les suivre pour la fixité qu'ils donnent à la pensée, pour la force d'habitude qu'ils ajoutent à la foi.

Depuis son retour, elle s'était intéressée aux travaux de son père; elle l'aidait dans ses recherches. En somme, ils vivaient dans un compromis qui permettait l'existence quotidienne : à chacun sa liberté. La vie était calme comme la mer menteuse qui paraît souriante tant qu'un coup de vent ne survient pas.

Évidemment, la jeune fille ne ressentait plus de ces colères nerveuses contre son père, comme au temps de son enfance, lorsqu'elle le voyait hostile à ses croyances. Elle montrait pour lui une sympathie affectueuse, et ce n'est pas sans tristesse qu'elle songeait à ce qui les séparait. Les élans vibrants de Martin devant tout idéal lui semblaient d'autant plus étranges qu'elle ne comprenait pas comment il pouvait se trouver si près d'elle, alors que par ailleurs il en était si loin. Elle sentait vaguement que l'âme de son père était profondément religieuse, assoiffée de beauté et de bonté, toute penchée vers les choses éternelles — et vraiment, si l'on peut dire, celle d'un croyant à qui la foi aurait manqué. C'était dans son cœur, lorsqu'elle y pensait, une pointe douloureuse mêlée à un peu de pitié affectueuse pour cet homme grisonnant, penché sur ses papiers, qui travaillait comme un bénédictin et qui vivait comme un saint... Un peu, rien qu'un peu de la grâce divine, et il eût été un saint...

Malheureusement Martin, depuis quelque temps, suivait une voie qui devait le séparer davantage encore des siens. On était en pleine période d'agitation dreyfusienne. Martin, peu à peu, avait pris parti pour le condamné, et le collège s'était divisé en deux camps : la boutique du libraire Paclos, rendez-vous habituel des professeurs vers cinq heures, avait été le théâtre d'interminables discussions : monsieur Placard-Millon, le professeur de rhétorique, le rival de Martin, devint son adversaire le plus décidé.

Monsieur Martin-Pretax, bien qu'il ne se mêlât guère à la vie de la petite cité, jouissait d'une grande notoriété. Professeur de valeur, seul il arborait la triple hermine aux jours de distribution de prix, car il était docteur. De plus, c'était un enfant du pays. Et qui peut dire la valeur de ces trois mots dans ces vieilles villes où les traditions persistent parmi les pierres verdies des rues étroites? Un fonctionnaire est un oiseau de passage, un inconnu qu'on regarde avec une certaine défiance, qui vit avec votre argent de contribuable, qui achète aux magasins de Paris. Il est un peu en dehors de la vie locale. C'est une sorte de chemineau officiel, ayant d'autres habitudes que celles des gens du lieu et ne cachant pas toujours assez un dédain maladroit de l'indigène. Mais, quand un fonctionnaire important est né dans la ville, il prend du coup un relief considérable. Il a des racines, on le connaît; on connaît sa famille, on en est fier. C'est un enfant du pays!

C'est pourquoi l'opinion de Martin-Pretax fut très commentée en ville, lorsqu'on apprit la querelle qui divisait le collège. Tout le parti qui, à Blois, soutenait l'établissement libre de Saint-Augustin, profita de l'occasion et s'insurgea contre le professeur. On répéta certaines paroles imprudentes qu'il avait prononcées en classe. Monsieur Miraton, le principal, qui, sous des dehors rogues, cachait l'âme pusillanime d'un marchand de soupe et craignait pour son commerce, se lamenta sur les difficultés de sa tâche, et montra une sourde hostilité contre Martin-Pretax.

La ville se divisa. Des incidents locaux vinrent donner plus d'acuité au conflit, car malgré tout, jusque-là, au milieu de cette population paisible, accoutumée à la douce vie du val de Loire, peu disposée aux cris et aux emballements, c'était une curiosité sans émoi.

Mais monsieur Barady-Château, le maire, mourut subitement. Trois conseillers municipaux manquaient. Il fallait procéder à des élections.

Martin fut sollicité, puis pressé de poser sa candidature. Il se trouvait dans une période d'excitation combative; après quelques hésitations, il accepta.

Ce fut l'événement du jour. Le parti clérical craignait de voir Martin-Pretax arriver à la mairie. Une grosse affaire était engagée entre la municipalité et l'administration diocésaine : un procès pendant depuis plusieurs années au sujet d'un magnifique jardin en terrasse, dont l'évêque jouissait et qui avait été revendiqué par le prédécesseur de monsieur Barady-Château, au nom de la ville. Avec M. Barady, les choses étaient sur le point de s'arranger au mieux des désirs de monseigneur Cornuau. Mais on craignait Martin-Pretax comme le feu. La lutte s'engagea à propos de l'affaire, au sujet du procès, contre le professeur d'un établissement rival. Le parti réactionnaire allait mettre tout en œuvre pour réussir. Martin, tout bouillonnant d'ardeur, se sentait l'âme d'un remueur de foules.

III

Depuis deux mois, Suzanne et sa mère avaient quitté Blois pour s'installer dans le petit village d'Orchaise.

C'était à l'orée de la forêt, après une descente rapide au milieu d'un vallon couvert de vieux chênes qui dérobent aux regards le cours paresseux de la Cisse. A un détour de la route, on aperçoit, sur la cime d'une colline marquetée de champs cultivés et de bosquets, une crête de maisons, avec une vieille tour d'église; c'est le bourg. Au loin frémit, dans l'air surchauffé de juillet, la ligne bleue de la forêt, vers Saint-Bohaire. En bas, des plateaux de nénufars forment de larges taches sur la face luisante des eaux. C'est calme, décoratif, d'une beauté simple et large, prête à passer sur la toile; un tableau tout fait.

Martin avait loué là-haut une petite maison, ancienne fantaisie d'un officier retraité qui avait accroché à la pente ce chalet d'où il pouvait voir au loin la toison ondulée des bois et le ruisseau paisible qui, d'un enfoncement bleuâtre, arrivait jusqu'à ses pieds, pour s'étendre languissamment dans la prairie. Suzanne, toujours nerveuse, avait été envoyée là par le médecin avant les vacances; la candidature de Georges Martin n'était pas encore annoncée, et les deux femmes ignoraient presque ce qui se passait. Georges venait le jeudi et le dimanche, et c'était une joie pour lui de vivre dans cet air ensoleillé comme un insecte heureux, petit centre palpitant de la grande vie bourdonnante de l'été.

Suzanne y trouvait plus de calme qu'à la ville. Elle aimait la petite église du village qui, lourde et massive, ouvre sur le cimetière une porte cintrée, dont le seuil s'enfonce au milieu des orties. Les murs sont épais, rongés par endroits : des girofiées et des campanules y accrochent leur existence chétive et escaladent peu à peu la tour. Les croix de bois penchées, les pierres tombales mal équilibrées disparaissent dans une végétation de hautes graminées qui se froissent au vent et qui chantent doucement, comme les voix timides et insaisissables des tombes. Des centaurées, des pâquerettes, des immortelles, des

sauges velues, des digitales, des soucis garnissent le pied des contreforts; un lierre séculaire voile à demi les étroites fenêtres ogivales, et cette église est devenue une sorte de vieux temple naturel, œuvre des hommes reprise et parachevée par le temps.

Suzanne, endormie par le chaud soleil de la saison, passait de longues heures dans la petite nef fraîche comme une fontaine. Le curé de l'endroit eut vite fait connaissance avec les deux femmes.

C'était un jeune prêtre de vingt-huit ans, un Méridional fin, plein de sève vigoureuse. Sa figure longue au nez aquilin, ses yeux noirs, avec de grands sourcils arqués, la lueur vive du regard, le dessin net de la lèvre glabre, un sourire facilement hautain, le différenciaient de ses collègues, la plupart d'origine paysanne, à peine lustrés par le séminaire.

La jeune fille se plaisait en sa compagnie. La voix chaude de l'abbé Mercadier animait le sanctuaire et, depuis six mois qu'il était là, plein de la ferveur des néophytes, il révolutionnait le bourg. Presque indifférents jusqu'alors, les paysans — les femmes surtout — se rendaient maintenant aux offices, à la prière, aux conférences qu'il avait instituées, à toutes ces œuvres qui se pressaient autour de l'église, comme des arcs-boutants destinés à soutenir l'édifice.

Il n'eut pas de fidèle plus dévouée que Suzanne. Dès le matin, quand l'angélus retentissait à l'éveil du jour clair, au milieu de la rosée qui venait rafraîchir toute vie, elle était là, avec sa mère, au premier rang des chaises. Le dimanche, elle parait l'église de fleurs champêtres, afin que l'été plein de parfums entrât sous les voûtes sombres et sourît sur l'indigent autel de bois peint.

Un mois se passa ainsi.

Madame Martin, elle, se fût mortellement ennuyée sans l'abbé Mercadier et sans madame de Valmotet qui habitait une vieille maison bourgeoise, dans la Grande-Rue. Il s'était établi, entre les deux femmes, cette amitié qui se lie aisément autour des occupations ménagères, des pelotons de laine et des prie-Dieu. Il n'était pas de jour où elles ne se vissent, et les deux dames, que leur âge rapprochait, tenaient de longues conversations vides, tandis que l'abbé et Suzanne, presque toujours ensemble au jardin, à l'église, laissaient leur jeunesse, innocemment, fleurir sous le grand soleil.

Suzanne semblait, aux yeux de son père, plus gaie, plus vive; elle reprenait des forces;

ses couleurs revenaient. Par une sorte d'entente tacite, instinctive, le prêtre se montrait peu quand Martin était là. On le voyait arriver aussitôt après le départ du professeur. Parfois, quand celui-ci, débarqué de la veille, s'en allait le lundi matin, Suzanne sentait en elle un petit tressaillement qu'elle n'analysait point, mais qui n'était évidemment pas causé par le regret de ce départ. Une sorte de gêne disparaissait ; elle se sentait plus libre. Et c'est avec joie qu'elle voyait s'ouvrir derrière les buis la porte verte où s'encadrait la silhouette de l'abbé Mercadier.

Dans l'église, de petits travaux communs les réunissaient. Adroitement, l'œil sévère, madame Martin-Pretax tapotait les plis de la nappe d'autel, ou ravaudait, en pinçant les lèvres, l'oriflamme de Saint-Joseph. D'instinct, le prêtre et la jeune fille se rapprochaient. Un sourire, une parole, le rangement des objets cultuels, un recul de quelques pas pour juger de la disposition des fleurs — et presque toujours ils se trouvaient côte à côte, par l'effet invincible de leur jeunesse. Au jardin, leurs yeux, qui regardaient au loin, réunissaient leurs âmes sur le même objet, sur la maisonnette de chaume qui étincelait au soleil, sur le flamboiement de la Cisse, et c'était une paix infinie, large, profonde, une assise commune de joie inconsciente qui s'étendait en leurs cœurs et qui semblait venir de loin, qui montait de cet horizon violet, de cette profondeur vallonnée dont la frondaison des chênes cachait le mystère, des chaumières paisibles, de la vaste vie et du chant immense de la nature estivale.

Le dimanche, elle s'agenouillait avec une ferveur pleine de quiétude qu'elle n'avait jamais connue. Elle n'éprouvait plus les troubles de jadis, et il lui semblait que l'amour divin se fît plus doux, s'adaptât mieux à la vie, et qu'elle sentît plus intense, plus direct, le rayonnement de la charité de Jésus. Sa piété se renforçait d'amour. Elle s'attendrissait devant le bleu des scabieuses, devant la merveilleuse délicatesse des fleurs, devant la chétive existence des bêtes. De la joie était entrée en elle ; elle riait avec les enfants, elle donnait ; elle se donnait. Les puissances de la vie l'entouraient, l'entraînaient ; elle s'accordait avec elles, avec la nature, avec Dieu ; Dieu, en tout ce qui l'environnait, vivait et palpitait. Sur la côte d'Orchaise, le grand soleil était vibrant dans le ciel enflammé...

Dès le matin, sa pensée englobait dans des mages souriantes l'église et le petit cimetière fleuri comme un jardin, la vallée ombreuse ; les paroles sonores du prêtre, la journée ensoleillée, les joies menues d'une soirée sur la terrasse où l'air était doux et où l'étoile divine laissait monter, le long de ses rayons, toutes les effusions humaines. Les moindres incidents du chemin étaient sources de plaisir. Le long de la petite venelle bordée d'orties, au-dessus de laquelle se rejoignaient les têtes rondes des pommiers, les femmes arrivaient, s'accrochaient l'une à l'autre en chapelets de conversations, puis s'effaçaient pour la laisser entrer. Elle s'agenouillait, et, très haut, dans l'air, passait la voix légère, lointaine des cloches, qui battaient dans le ciel clair, comme le frisson d'une aile sonore. Dans ce vieux sanctuaire, l'office lui paraissait plus près de la vérité religieuse, de la foi naïve et pure, et ses yeux se détachaient difficilement du prêtre aux gestes lents dont le chaud regard se levait vers les voûtes et, parfois, descendait vers elle.

Dans cet état de correspondance harmonieuse avec ce qui l'entoure, elle n'a plus le temps de se creuser l'esprit par la réflexion. Ses prières s'échappent sans peine, comme un rayonnement d'elle-même. Elle trouve une paisible joie à ranger les livres sacrés, à essuyer les autels, à remplir d'huile la lampe du chœur — ou bien à accompagner sur le modeste harmonium le chant du prêtre qui, sous les voûtes, s'élargit et vibre puissamment — et il lui semble que, d'un doigt léger, elle fait chanter, par toute la vieille église, une louange au Créateur. Elle y mêle sa voix, et la terre entière s'émeut et parle à Dieu...

Un dimanche matin, avant l'office, elle était là comme d'habitude. L'abbé Mercadier lui fit signe de loin.

Neuf heures sonnaient, et déjà la brise de la forêt se faisait plus chaude. Il paraissait tout grave, bien que souriant.

— J'ai voulu que vous fussiez avisée la première... Je quitte Orchaise, dit-il.

Elle laissa échapper un petit cri de surprise douloureuse, aussitôt étouffé.

Mais il sourit :

— Je vais à Blois, comme vicaire à Saint-Nicolas.

— Ah ! tant mieux !

Il la regarda sans répondre, les yeux tout brûlants, plus pâle que de coutume.

— Excusez-moi, reprit-elle aussitôt. Il faut que je vous félicite. C'est un avancement, un bel avancement. J'en suis heureuse pour vous : vous le méritez tant ! Et merci de m'avoir avertie la première.

« Nous nous verrons souvent, ajouta-t-elle.

— Moins librement qu'ici, répondit Mercadier.

Cette parole ne la surprit pas. Elle réfléchit un instant.

— Vous m'avez fait peur, dit-elle naïvement, la respiration plus vive.

Elle lui tendit la main :

— Enfin, c'est très bien. Mes compliments.

Leurs doigts se joignirent, et ce contact leur causa quelque trouble, une de ces gênes momentanées comme on en ressent après un mouvement impulsif ; simplement, ils s'aperçurent qu'ils se serraient la main et ils eurent un sourire un peu contraint.

Des dévotes arrivaient ; instinctivement ils se séparèrent. Déjà, sous les doigts de Suzanne, l'orgue frémissait. Elle jouait avec ses nerfs ; il semblait que les notes se fissent plus pures, plus amples en ce jour solennel, comme pour un adieu et une promesse de retour. La voix claire du prêtre résonnait aussi, plus vibrante, et sa figure, longue et fine au-dessus de la chasuble dorée, paraissait plus noble et comme hiératique. Durant toute la messe, elle joua pour lui, pour le bon serviteur de Dieu, pour le Christ, pour l'homme-Dieu, au visage de mélancolie. Des projets erraient dans sa tête : peut-être changerait-elle de paroisse ; peut-être irait-elle écouter la messe dans la vieille basilique de Saint-Laumer ; on recevrait l'abbé à la maison ; sans doute on l'aurait à déjeuner. Elle dut faire un effort pour s'absorber complètement dans l'office. Comme un liquide qui filtre par une fente invisible, la pensée du départ de Mercadier lui revenait sans cesse.

Quand le prêtre monta en chaire pour annoncer son déplacement, elle sentit en elle une joie profonde de connaître ce secret avant tout le monde. Entre eux, il y avait quelque chose que d'autres ne savaient pas, et c'était très doux.

Il partit quelques jours après. Suzanne ne se rendait pas compte de la place que le jeune prêtre occupait dans sa vie. Innocemment, elle ne voyait en lui que l'homme de Dieu, mais elle le chargeait de tant de perfections que la figure du prêtre et l'image divine avaient des tendances à se confondre. Ce n'est qu'après son départ qu'elle ressentit un certain trouble. Elle allait et venait dans le jardin, au milieu des allées de buis, regardant au loin l'épaisse toison des bois, au delà desquels était la ville, où elle retournerait bientôt. Elle s'étonnait de sa nervosité, de son impatience. Les fleurs l'intéressaient moins, et ses petits travaux d'aiguille pendaient inertes, au bout de son bras, tandis que les yeux restaient fixes.

Un nouveau prêtre était venu, un brave garçon robuste, au nez gros, aux pommettes larges, un paysan huilé par le séminaire, mais dont les mains étaient fortes et dont la politesse recherchée inclinait trop le dos rond. Madame Martin l'avait accueilli avec faveur : pourvu qu'elle eût un curé sous la main, l'homme lui importait peu. Mais Suzanne, qui ne retrouvait pas en lui le profil de médaille de l'abbé Mercadier, le jugeait vulgaire.

Comme chez tous les êtres aux nerfs sensibles, les images lui revenaient avec une force aussi grande que la réalité. Le souvenir de l'abbé Mercadier, par un réflexe mental, barrait sa pensée à propos des moindres choses. Elle le chassait, mais, sans s'en apercevoir, sa pensée coulait sur la même pente ; elle se retrouvait environnée des mêmes images.

Sur son prie-Dieu, à l'église, elle s'astreignait à rester longtemps, les genoux sur le tabouret, les yeux attachés à la croix. Alors elle essayait de vider son esprit de tout ce qu'il pouvait contenir de profane ; elle s'appliquait à fixer, sans cligner des paupières, l'image de Jésus ; mais ce n'est que par un grand effort qu'elle arrivait à mettre ses pensées en bon ordre. Sitôt qu'elle se relâchait de cette contrainte, l'essaim de ses rêves, au lieu de se mouvoir dans le tourbillon des visions familières, revenait à l'abbé Mercadier. Brusquement, devant les couleurs brillantes des vitraux et de l'autel, passait comme un éclair la silhouette du prêtre... Elle regardait le divin profil du Christ, la lèvre fine, le nez aquilin, la chair ambrée... Un moment, la pensée était absente : aussitôt après c'était le visage du prêtre qui apparaissait, effaçant celui du Sauveur dont il prenait la place. C'était si frappant qu'elle en fut effrayée. Elle ne trouvait plus ce recueillement paisible où la prière, informulée, s'épanche comme une source qui se mêle à une mer infinie. Alors, elle se levait brusquement, nerveuse, inquiète, et elle rentrait au logis préoccupée, agacée, incapable d'effort suivi.

IV

Les dames Pretax, retour des champs, tante Varnier revenue aussi, firent une tournée de visites. Et ce mardi, les housses du salon retirées, elles attendaient qu'on leur rendît leur politesse.

Trois heures sonnaient. Personne encore n'était là. D'habitude cependant, les amies arrivaient. Madame Martin s'étonnait.

Mais la clochette sonna. De petites paroles étouffées, des chuchotements dans le couloir, le bruit des caoutchoucs qu'on quitte, d'un parapluie qu'on dépose, le mot traditionnel à la bonne :

— Madame reçoit ?

Puis, les questions banales, l'échange des vues sur la température et l'état des rues — la même conversation qui, depuis des siècles, se renouvelle dans les salons des petites villes... Les amies passent, et ce sont des paroles semblables dans les bouches qui changent. Les morts surviennent, et les misères, et les douleurs, et les drames, et de pauvres vies sont saccagées; mais toujours, dans les hautes maisons blanches, la porte s'ouvre :

— Madame reçoit ?

C'est le même tapotement de jupes, le même sourire. Ainsi demeure le sourire des vieux pastels, alors que le modèle a disparu du nombre des vivants...

Mais, un instant après, les conversations deviennent plus précises :

— Je n'ai vu personne, presque, aujourd'hui.

Madame la présidente de la Croix-Rouge reste silencieuse en faisant un petit mouvement de tête en avant.

— C'est bien étonnant que madame Passeguay ne soit pas venue. Et madame Poidoux ? J'espère bien voir aussi l'abbé Rambure.

La présidente ne répond toujours pas.

Ce silence inquiète madame Martin.

— Cela m'étonne, reprend-elle.

Madame Tarin semble faire un effort; sa figure rouge se plisse.

— Il faut que je vous dise... Cela me coûte... Mais voilà trois mois que vous n'êtes pas ici, et même plus. Il s'est passé des choses.

— Quoi donc ?

— Vous savez que monsieur Martin est, en ce moment, tout à fait lancé dans la lutte électorale. Tout le monde est contre lui. Vous ne saviez pas ? Est-il possible, ma chère ! La préfecture même : madame Passeguay m'en parlait encore hier. Je ne vous répéterai même

pas ce qu'on a dit... Alors, vous comprenez, il est des personnes que cela gêne... Pas moi, sûrement.

— Mais, madame... Mon Dieu !... Est-ce que je sais ce que fait mon mari ? Vous connaissez nos sentiments.

— Oui, sans doute, sans doute; mais une dame me disait encore hier : « C'est bien malheureux pour les dames Pretax, mais mon mari n'ose plus mettre les pieds chez elles. »

Madame Martin et Suzanne se regardèrent. Mille petits faits s'éclairaient dans leur esprit : des saluts rétrécis, des excuses qui paraissaient peu plausibles...

— Père fait ce qu'il veut. Cela ne regarde personne, dit Suzanne d'un ton sec.

Mais déjà tante Varnier partait en guerre :

— Nous n'aurons que des ennuis avec ton mari, c'est dit. Quelle nouvelle lubie lui a pris ? C'est tout de même un peu fort d'avoir affaire à un...

— Tante ! interrompit Suzanne.

— Oui, soutiens ton père, n'est-ce pas ?

— Je ne soutiens rien. Mais aussi les gens qui nous font grise mine pour cela sont bien singuliers.

Anne se répandit en récriminations de tous genres sur le vice qui régnait, sur les bonnes qui volaient, sur les fournisseurs sans conscience, sur la trahison de Dreyfus, toutes choses de même ordre. Et maintenant, voilà que son ménage était désuni par cette horrible affaire !

Elle parlait avec conviction, comme si ce désaccord datait d'hier.

Puis, elle se renseigna.

— Que dit l'abbé Brault ? Et Monseigneur ? Je me demande quelle opinion il doit avoir de nous !

Il lui semblait qu'une tache venait de s'étendre sur elle, sur sa famille. Son mari défendait un juif, son mari s'alliait aux ennemis de l'Église... N'était-ce pas un peu comme s'il se fût affilié à une bande de voleurs ? On était capable de refuser l'absolution à Noël à la femme d'un monstre pareil !

Tout l'édifice de sa vie était ébranlé.

Madame la présidente de la Croix-Rouge partit enfin. Madame Martin l'avait retenue jusqu'à la dernière limite; elle craignait de se sentir trop abandonnée après le départ de son unique visiteuse.

Suzanne remonta dans sa chambre; tante Varnier reprit l'aigre couplet de ses récriminations.

— Je vais lui parler à ton mari. Il ne se

doute pas qu'il risque sa situation avec tout cela.

Elle allait et venait dans la pièce, nerveuse, tapant un rideau, redressant les pétales d'une fleur artificielle. Ses yeux serraient son nez étroit.

Sous la lumière crue des lampes à gaz, le salon restait désert. Elle écoutait par moment des pas dans la rue... non, ils continuaient; ce n'était pas une visite... Ainsi donc, on mettait sa maison en interdit ? Ces menus incidents prenaient des proportions de catastrophe. Toute sa vie n'était-elle pas faite de petites occupations prévues, réglées, de relations bien établies, d'habitudes anciennes? Que devenir, mon Dieu ! si l'on n'allait plus avoir recours à elle pour l'entretien de la chapelle de Saint-Saturnin? Et l'œuvre de la layette? Et celle des Dames patronnesses de Sainte-Ursule? Imagine-t-on ce que c'est que de se présenter dans une assemblée de femmes où votre arrivée tranche les conversations, où l'on vous fait une place cérémonieusement, mais où l'on se surveille dans ses gestes, où l'on dose les politesses; où, par la façon même de se rasseoir, on montre sa froideur, où des sous-entendus vous piquent comme des points au cœur, où de tacites complots de silence vous glacent, où des ententes de sourires apitoyés vous humilient! Et comme l'abbé Rambure est sévère en toutes choses! Ah! quand, avec son geste si distingué, il l'accueillait dans le cercle des dames patronnesses, quand — ô condescendance flatteuse — il lui avançait un pouf sous les pieds; que, de chaise en chaise, bourdonnaient de petites conversations papotantes et froufroutantes — mon Dieu! qu'on était bien dans ce grand salon de la cure!

Tout cela serait-il perdu ?

Elle s'énervait tandis que la pendule comptait le silence.

Six heures sonnaient; des volées de cloches passaient. Un coup de sonnette la fit tressaillir. C'était l'abbé Mercadier qui entrait. Au milieu des effusions, il s'assit. Tante Varnier, qui ne l'avait jamais vu, l'accapara et le pressa de questions. Mais le jeune prêtre ne pouvait guère répondre, ne connaissant pas la ville. Tout ce qu'il put dire, c'est qu'à Saint-Nicolas on jugeait sévèrement l'attitude du professeur et qu'il craignait qu'une lutte sans merci ne s'engageât contre lui.

Suzanne réapparut. Depuis son retour, elle avait vu deux fois déjà l'abbé Mercadier. Sa mère et elle, en allant au marché, avaient un jour décidé d'entrer à Saint-Nicolas. Par l'étroite rue Saint-Lubin, où les vieilles maisons tendent le ventre, pareilles à des commères, elles trottaient comme des midinettes à un rendez-vous, avec une impatience joyeuse, vers la basilique au double clocher, ancienne collégiale du couvent de Saint-Laumer, actuellement transformé en hôpital. Tandis que, dans les chapelles du fond, elles cherchaient un banc pour prier, elles aperçurent l'abbé Mercadier qui venait vers elles. Suzanne ressentit de nouveau ce léger trouble qui l'avait effleurée lors de leur séparation, et, au milieu des paroles de politesse et des questions familières de madame Martin, elle souriait, heureuse, dans ce coin sombre de cathédrale où le visage pâle du jeune prêtre semblait lumineux de beauté grave et religieuse.

Une autre fois, elle l'avait vu au tournant d'une rue, et, comme il s'était arrêté un instant, ils avaient échangé quelques paroles. Elle n'avait pas parlé de cette rencontre à sa mère, et cela sans savoir pourquoi, pour rien, peut-être; une petite chose, un incident menu, qui avait retenu sa langue à ce moment-là... Aujourd'hui, elle retrouvait l'abbé chez elle; charmée, elle écoutait ses paroles, mais elle ne put s'empêcher de lui dire :

— Je regrette Orchaise... Et vous ?

Une autre visite fut annoncée et Mercadier se retira. Enfin! il vient du monde. Anne parle, parle, aimable, prévenante. Elle s'excuse, elle prie, elle déplore cette triste affaire... Mais voilà que la visiteuse est partie et que l'heure vient d'éteindre les lampes. Le pas de Martin-Pretax retentit déjà au premier. L'échauffement d'esprit qu'apportait la conversation tombe et une même parole s'échappe des lèvres d'Anne et de celles de sa tante :

— On n'a pas vu l'abbé Rambure!

Évidemment il fallait regarder les choses en face. On leur tenait rigueur de l'attitude de Martin-Pretax. Leur situation était compromise, leur vie bouleversée. C'était clair.

Cependant, dans la petite salle à manger, chacun prit place. La lèvre inférieure de tante Pretax tremblotait, imperceptiblement, malgré ses efforts pour la serrer contre l'autre. Martin s'en aperçut et, par taquinerie, fit remarquer à la vieille dame qu'elle paraissait fort en colère.

Ce fut le signal de la bataille.

Madame Varnier chargea avec l'intrépidité de son défunt mari, accablant Martin de reproches sur sa conduite, sur ses fréquentations, sur ses visées politiques. Elle y mêlait tout naturellement des récriminations personnelles sur son attitude envers elle.

— Vous n'avez que de l'orgueil dans la tête. Il y a assez longtemps que vous nous faites souffrir. Voyez quelle situation ! Nous voilà brouillés avec tout le monde.

— C'est excessif, répliqua Martin.

— Avec tout le monde, vous dis-je. Quand on a un caractère pareil, ce n'est pas étonnant. Je vois bien que je vous gêne ; vous vous en repentirez.

— Vous n'avez pas eu la visite d'une demi-douzaine de curés, tantôt ? reprit-il, mordant.

— Cela ne vous regarde pas.

— Pas plus que mes relations ne vous concernent. Cela a été entendu, une fois pour toutes. Et je vous prie de ne pas vous mêler de mes affaires.

— C'est un déshonneur pour nous, reprit Anne. Mais regarde : madame Passeguay ne vient plus ici ; son mari est capitaine, cela se comprend. Madame Poidoux, dans la rue, a fait semblant de ne pas me voir, hier. On a l'air de me plaindre, on a pitié. La Préfecture est contre toi, l'Inspecteur, le Principal aussi. Quand tu nous auras mis sur la paille ! Mais tu t'en moques. Tu ne nous as jamais aimées.

— Parfaitement, vous vous en moquez. Pourvu que des gens de rien vous donnent des poignées de main ! Hier je vous ai vu, causant avec un cordonnier. Vous êtes allé boire sur le zinc ensuite, sans doute, ajouta-t-elle d'un air dédaigneux, comme si elle eût craché quelque chose de malpropre.

Martin sentit qu'il allait prononcer des paroles irréparables. Tout son être se cabrait. Brusquement, il se leva.

— Si cela ne vous plaît pas, vous pouvez quitter la maison et n'y plus rentrer.

Dans la rue, il se demanda pourquoi il était sorti. Il se décida à entrer au café de l'*Harmonie* où se tenait depuis quelque temps l'étroit cercle de ses amis, de ses lieutenants politiques.

Il y retrouva le notaire Mallet, un petit homme entre deux âges, rageur et grincheux, qui avait fait de la politique par animosité contre ses collègues cléricaux ; Pallu, l'entrepreneur, et quelques autres partisans, membres de sa liste : un gros cultivateur de Bas-Rivière, à large face rouge ; un brave paysan, Midoux, qui ne savait rien que boire, trinquer avec les amis d'un air résolu. Toutes ses phrases commençaient par ces mots :

— En tout cas, en tout cas...

Elles finissaient par un coup de poing sur la table : c'était un homme d'autorité.

Mallet, le diplomate, le finaud, exposait la situation du jour, les démarches.

— Ça va, ça va. Nous aurons Piédebœuf, le fabricant de caoutchouc. Il a besoin d'un chemin, près de son usine. On pourrait le lui promettre... Je le lui ai même promis, si nous étions élus. J'ai cru pouvoir prendre cela sur moi... mais vous le verrez. Ne lui parlez pas trop de Dreyfus. Entre nous, en voilà assez de Dreyfus... Bon nombre de nos amis trouvent que cela nous enlève des voix... Du côté des réactionnaires, beaucoup d'électeurs, en Bas-Rivière, voteront pour Midoux, parce que c'est Midoux. Il ne faut pas qu'ils rayent nos noms sur la liste où est Midoux... Il est donc nécessaire de les ménager... Je leur ai dit que Dreyfus, c'était du battage pour amuser les socialistes, que...

Martin se récria :

— Nous sommes ce que nous sommes... Si on veut le droit et la justice, qu'on vote pour nous. Sinon, qu'on nous laisse...

— Oui, mais vous ne serez pas nommé ?

— Qu'est-ce que vous voulez que ça me fasse ? dit Martin, repoussant son verre, de mauvaise humeur.

— Toujours le même ! Vous ne connaissez rien à la politique. Dreyfus, c'est très bien, mais qu'est-ce que nous pouvons pour lui ? Notre sentiment est connu ; suffit. Nous avons à nous occuper de Blois et de ses habitants.

— En tout cas, en tout cas, on ne peut pas, en tout cas... grogna Midoux sans finir sa phrase.

Nul ne sut jamais ce qu'on ne pouvait pas. Les paroles de Midoux sont perdues pour la postérité.

Pallu, qui avait un procès pendant avec l'État, plissa le front ; sa figure rasée et ses yeux rouges, cachés sous des sourcils grisonnants, prirent une expression concentrée.

— Il faut réussir. Quand on a réussi, on dit ce qu'on veut. Avant, on dit ce qu'il faut.

Le petit cercle approuva. Martin se tut ; puis, comme la migraine enserrait sa tête, il sortit... Allons ! ceux-là encore ne le suivraient pas ! Il était pour eux la bête électorale qu'on fait courir, qui a des chances. L'un songeait à son chemin, l'autre à son procès, et Mallet sournoisement tirait des plans, intriguait, combinait et remuait avec volupté cette cuisine malodorante... Mon Dieu, que de choses mesquines dans cette politique locale !

Le matin, il s'en souvenait, le concierge du collège lui avait paru, contre son ordinaire, cordial et communicatif.

— Vous savez, monsieur Martin, on travaille pour vous ! avait-il dit en clignant de l'œil. Ça marchera !

Tandis que Martin, étonné, balbutiait quelques remerciements, naïvement, l'homme avait ajouté :

— Mon garçon vient de partir au régiment... c'est bien peu ce que je gagne ici... Quand vous serez maire, je vous demanderai quelque chose...

Ainsi tous poursuivaient un but personnel et différent, quoique s'enrôlant sous le même drapeau... Pourtant une vision claire traversa son esprit : il revit Geneviève Bradier, la très jeune institutrice des petits, et l'air de confiance avec lequel elle l'écoutait... Au moins, celle-là était désintéressée, claire, enthousiaste. Et n'était-ce pas assez pour qu'il agît ?

Il rentra avec un peu plus de calme en songeant, avec l'orgueil inconscient des intellectuels, que le combat des idées n'est pas fait pour la masse.

Au collège, les partisans de Martin-Pretax et ceux de Placard-Millon ne se parlaient plus. Chaque clan occupait un bout du trottoir sous la longue marquise, et, narquois, les élèves constataient la froideur des saluts. Eux-mêmes se divisaient, selon les opinions de leurs familles. Le principal ne paraissait plus. Effrayé de penser qu'un professeur pouvait demain devenir maire de la ville — et Dieu sait si un maire peut être gênant pour un principal, même avec un bon traité — monsieur Miraton prit le seul parti compatible avec ses sentiments et ses intérêts : celui d'accueillir aimablement le professeur en particulier, d'être abondamment de son avis, mais de ne jamais le rencontrer en même temps que ses collègues de l'autre clan et de demander chaque jour à monsieur Pont-Sabry, l'inspecteur d'académie, le départ de cet encombrant personnage.

Monsieur Pont-Sabry restait irrésolu, car il voyait trop toutes les conséquences possibles de ses actes. Sympathique d'ailleurs au professeur qu'il plaignait de s'être fourvoyé, il ne décidait rien. A la fin, cependant, il se déchargea du tracas de cette histoire dans un rapport de huit pages où il se gardait bien de conclure, mais où il exposait les faits. Pour la suite à donner, il passait la main au ministère, l'affaire étant politique et, par conséquent, en dehors de son ressort. D'ici à ce qu'une réponse soit arrivée, les élections seraient faites, Martin anéanti, ou tout-puissant. Le temps arrangerait donc les choses.

Et monsieur Pont-Sabry, très versé dans les études préhistoriques, s'en retournait vers le passé, dans la contemplation des sombres luttes primitives où l'homme avait comme ennemis l'ours des cavernes et le grand lion — mais où, par une juste compensation, il ne connaissait pas la politique.

La lutte se déployait en ville. Dans tous les coins, dans toutes les rues, des groupes formaient des îlots sur les trottoirs ; les conversations s'échelonnaient le long des quais de la Loire. Quelques jours seulement, et ce serait l'élection. Mais aucune agitation tumultueuse ne régnait ; tout se passait en confidences, en allées et venues sournoises. On voyait des gens sonner aux portes, le regard oblique, des militants courir à droite et à gauche, les yeux à terre, à pas pressés... Peu d'affiches, pas de réunions ; une modération de ton évidente dans les proclamations, comme il convient au peuple courtois de la Loire, mais un réseau inextricable de mensonges, d'intrigues, de combinaisons où l'on cherchait à prendre les candidats... Le parti clérical marchait tout entier.

V

On approchait de Noël. Depuis trois semaines, un prédicateur en vogue, le Père Lavrillière, remportait un grand succès auprès des pénitentes du monde. C'était un homme de quarante-cinq ans environ, rude et velu, d'une éloquence fougueuse. Ses paroles brusques heurtaient les dévotes en dentelle et tombaient sur les épaules élégantes comme une flagellation. Sous le fouet des paroles, leur âme pécheresse se roulait, se tordait ; une douleur voluptueuse courait dans leur échine, leur mettait dans les flancs des tressaillements ; elles étaient prêtes à crier, comme en délire :

— Fais-moi mal, fais-moi bien mal !

Large et puissant, avec une forte figure alsacienne, carrée, à barbe blonde, une stature d'athlète ou de tribun, il jetait les anathèmes de tout le poids de son corps penché, de ses poings brandis ; remuant, brassant toute cette foule, couchant ces femmes sous son verbe brutal...

Sans ménagement, il se lança dans la mêlée, jeta du haut de la chaire des allusions aux faits du jour. Il ne manqua point, avec son tempérament combatif, d'intervenir dans la lutte locale. S'il effraya l'évêque, timide et diplomate, il enrôla autour de lui de jeunes prêtres ardents, des laïcs qui se sentaient à ses côtés une énergie nouvelle, grâce au rayonnement de sa force, comme si une puissance d'action eût émané de ce robuste corps. Ce fut une mobilisation générale de tous les éléments cléricaux de la ville.

Le nez de l'abbé Rambure laissa entendre à l'oreille de madame Martin-Pretax combien il lui serait difficile maintenant d'aller chez elle. Avec des phrases qui faisaient le gros dos et des gestes sinueux, il déplorait la situation. Si encore monsieur Martin ne s'attaquait pas à la religion ! Mais, dans un article récent du *Blaisois démocrate*, ne s'en prenait-il pas à l'Église ?

— J'aime beaucoup monsieur Martin. C'est un homme distingué, mais qu'aveugle l'esprit de parti. Il est une proie, madame, une proie ! C'est bien dommage pour vous...

Dans la rue, mille petits affronts attendaient madame Pretax ; c'était une ombrelle qui s'ouvrait en face d'elle, sur le trottoir opposé ; une commerçante qui oubliait de lui offrir la chaise coutumière ; un salut plus cérémonieux que d'habitude, un sourire plus contraint... A l'église même, elle se sentait moins chez elle — et qui dira par quelles nuances d'accueil ou d'adieu, d'inclinations et de poignées de main, on lui faisait sentir ce changement d'attitude à son égard ! Il semblait qu'on cherchât toutes les occasions de la détacher de son mari, de lui montrer que sa véritable famille était l'Église et qu'il fallait opter.

Tante Pretax, après une discussion plus vive avec son neveu, quitta la maison. Elle alla s'installer dans une petite villa du Remenier.

Martin ne paraissait plus que rarement au logis. Lancé dans la lutte, avec un emportement de nerveux, comme dans une crise d'action, sans cesse en conciliabules et en réunions, il arrivait aux repas alors que tout le monde s'était levé de table, et là il absorbait en hâte quelques aliments, entre deux journaux. Anne et sa fille passaient leur après-midi chez tante Pretax. Là, elles rencontraient leur monde ; là, elles retrouvaient les amabilités, les paroles onctueuses de l'abbé Rambure ; leur logis, au contraire, semblait un lieu maudit dont on ne s'approche qu'en se signant. Quand elle parlait de rentrer chez elle, des visages apitoyés se tournaient de son côté. On affectait de la traiter comme une victime. Et déjà tante Varnier voulait garder Suzanne près d'elle.

Celle-ci vivait dans un trouble singulier... Chose curieuse, elle se passionnait peu pour cette lutte. Elle se repliait sur elle-même. Sa vie intérieure s'étendait en profondeur ; elle n'y mêlait personne. Pour elle seule, de soudains éclairs illuminaient l'univers... Incapable de la concentration de pensée nécessaire à des systèmes, à des ensembles d'idées, elle voyait, par une intuition soudaine et très passagère, la vérité toute claire, le mot de la vie, profondément, intensément. Elle attendait ces révélations et, de plus en plus, restait inapte à s'intéresser aux incidents de l'existence, aux batailles qui se livraient autour d'elle ; et elle s'étonnait de voir s'agiter à ses côtés des personnes qui étaient sa mère, son confesseur ou son père. Elle était bien en dehors et au-dessus de tout cela... Sans doute l'induction de sentiments forts agissait sur elle et, par moment, elle croyait penser comme sa mère et sa tante, se mêler à leurs préoccupations ; puis, malgré tout, elle n'arrivait point à entrer pleinement dans la querelle ; ses idées déraillaient et son imagination la conduisait vite à la vieille collégiale de Saint-Laumer où il faisait bon rêver, aux petites chapelles sombres où le silence était plein de prières et de douceur, où l'abbé Mercadier passait, hautain et pâle, avec ses grands yeux passionnés.

Elle le voyait presque tous les jours, car elle faisait à Saint-Nicolas sa prière du soir. C'est innocemment qu'elle le recherchait, heureuse d'entendre son pas s'approcher derrière les grands piliers. Jusque-là elle était nerveuse, inquiète, comme dans l'attente d'un bien inconnu. C'était en elle une sorte de frémissement de tout l'être, des impatiences insupportables, l'impossibilité de tenir en place et de suivre une idée. D'autres fois, au contraire, assise dans un coin des bas-côtés, elle regardait une petite lampe indigente qui brûlait doucement, et ses linéaments de rêve se précisaient ; devant elle, dans la clarté agrandie en une buée lumineuse, apparaissait le visage du prêtre, auréolé, douloureux ou souriant, toujours beau et quasi surnaturel. Par moment, la conscience lui revenait et elle se mettait à trembler, épouvantée... N'était-ce pas un sacrilège ? L'homme remplaçait Dieu...

Mais voici que Mercadier était près d'elle. Sans se retourner, elle le sentait s'approcher. Alors une défaillance du cœur semblait pour une seconde arrêter la vie en elle, une profonde angoisse l'étreignait, qui se dissipait peu à peu aux premières paroles du prêtre. Les derniers restes de son appréhension s'en allaient avec un sourire et, du rose aux joues, elle vivait...

Dans le petit monde des sacristies, potinier et méfiant, on n'avait pas été sans remarquer quelque chose. Discrètement, on surveillait l'abbé Mercadier, comme tous les prêtres qui plaisent trop aux femmes. Des jalousies rôdaient autour de lui, flairaient ses pas ; on s'indignait des préférences qu'il marquait, de ces rencontres qui n'avaient pas passé inaperçues. A la maison, Suzanne paraissait bizarre ; mais, comme on vivait dans un moment troublé, on mettait ses rêveries et ses absences sur le compte des événements. L'abbé Rambure, la regardant un jour d'un air sérieux, lui dit à part :

— Des scrupules, des troubles de conscience... Vous portez cela sur votre figure, mon enfant. Il ne faut pas trop creuser son âme ; il n'en reste qu'une enveloppe qui s'affaisse, comme une outre vide... Il faudrait une parole énergique pour vous remonter... Si vous alliez voir le Père Lavrillière ?

Elle souffrait, sans savoir pourquoi. Des cernes entouraient ses grands yeux, et sous ses cheveux blonds le teint était moins rose. Elle en paraissait diaphane. Elle avait parfois des gestes brusques, des mouvements inattendus. Une sorte de trépidation, de bourdonnement l'enveloppait ; des images s'interposaient devant ses yeux, si vives qu'elles lui causaient d'inconcevables distractions. Obscurément, elle sentait s'implanter en elle une autre âme ; une volonté étrangère, sourde, invincible, semblait la guider... Quand elle allait vers Saint-Nicolas, elle sentait ses pas se précipiter malgré elle et son cœur battre plus violemment... La prière ne la calmait plus...

Raidie, tremblante, elle alla se confesser au moine un soir de décembre.

Le bois du prie-Dieu lui faisait mal au front. Elle apercevait vaguement, derrière le grillage, la tête énorme, rousse, rude, du Père Lavrillière. Elle dévida le chapelet de ses menus péchés. Immobile, comme un homme de pierre, le moine écoutait, sans doute... Elle expédiait ces broutilles. Puis elle s'arrêta... Que dire ? Comment parler de ces troubles qu'elle ressentait avec tant d'intensité, sans pouvoir les définir, de ce manque d'abandon dans la prière, de cette sorte d'éloignement de Dieu qui la faisait trembler ?

— Mon père, dit-elle, je crains de n'être plus en état de grâce...

— Qui vous fait dire cela, mon enfant ?

Comme c'était difficile à exprimer ! Elle avait peur des mots, qui lui semblaient gros, hérissés, qui ne voulaient pas passer. Elle hésitait, cherchait. Un gros chagrin, un gonflement de douleur, comme une eau prête à déborder, tout à coup creva, s'échappa en un cri d'angoisse :

— Dieu ne m'aime plus !

Et elle éclata en sanglots.

Le Père Lavrillière ne broncha pas : il avait vu sans doute maintes fois de semblables détresses...

— Dieu aime toutes ses créatures, mon enfant, reprit-il d'une voix nette, mais adoucie, pénétrante, qui contrastait fort avec le ton rude de ses sermons... Vous êtes dans une période de crise, et c'est pourquoi vous prononcez ces paroles qui seraient un blasphème, si vous les pensiez. Mais vous ne les pensez pas... Quand nous croyons que Dieu ne nous aime plus, c'est que nous avons nous-même quelque chose à nous reprocher. C'est que nous l'avons oublié, que nous l'avons négligé... Voyons, continuez. Qui vous fait croire cela ?

Suzanne ne répondit pas.

Patiemment, il attendit en silence que les pleurs s'apaisassent, car il savait que la moindre parole les redoublerait... Cependant, elle sentit qu'il fallait parler.

Elle se raidit, la tête en feu...

— Il ne m'entend plus... Je ne le vois plus !

— Vous le voyiez donc ? dit-il.

— Non... c'est-à-dire... Je ne sais pas comment m'expliquer... Mais quand je priais, il me semblait que Dieu m'écoutait, que je me sentais avec lui, en lui, qu'il me parlait... Je n'avais qu'à fermer les yeux...

— Et il ne vous apparaît plus ? Cette présence divine, vous ne la sentez plus ?

— Non, mon père.

Elle se raidit et serra le bois du prie-Dieu pour s'empêcher de pleurer à nouveau.

— Et lorsque vous pensez ainsi à Dieu, que vous l'appelez, que se passe-t-il en vous ? Vous ne voyez plus Dieu, dites-vous ; mais que voyez-vous ?

Suzanne resta muette.

— Répondez, mon enfant.

Le moine attendit un instant.

— Voyons, quelles images ? Un être mortel ? Une amie ? Un homme ? Peut-être songez-vous à quelqu'un ?

La respiration pressée de Suzanne qui s'entendait, distincte, dans le silence, avertissait le confesseur de son trouble... Elle se sentit rougir.

— Nous sommes exposés à de multiples

dangers—et les tentations sont nombreuses... Aimez-vous quelqu'un ?

— Non, mon père, dit-elle.

— Non — mais, cependant, vous pensez à quelqu'un... à quelqu'un que vous aimez peut-être sans vous en douter. Ne protestez pas, mon enfant. Il n'y a qu'un amour mortel pour troubler ainsi une âme. L'amour divin vous donnait la paix : vous l'avez perdue. Et perdue pourquoi ? Heureusement vous êtes une bonne chrétienne, une fille de Dieu... Dieu n'a voulu que vous éprouver... Et Satan nous tend de prodigieuses embûches.

Le Père Lavrillière se recueillit un instant.

— Pourquoi avez-vous presque changé d'église ? Pourquoi cette assiduité à Saint-Nicolas ?

— Nous connaissions l'abbé Mercadier... Alors...

— Vous n'irez plus — dit le moine d'un ton bref. Ce sera votre première pénitence.

Il s'arrêta un instant. Son gros œil, contre le grillage, était dur, perdu sous le sourcil broussailleux.

— Vous verrez le moins possible l'abbé Mercadier. C'est un excellent prêtre, que j'aime beaucoup, — mais, dans votre séjour à la campagne, peut-être s'est-il établi trop d'intimité entre vous et lui... Vous priiez ensemble. Il a une grande influence sur vous. Peut-être est-ce trop souvent qu'il occupe votre pensée.

Suzanne restait immobile... Les phrases du prêtre tombaient sur elle, glacées, comme la froide, sinistre vérité.

— Vous m'entendez ?

— Oui, mon père, dit-elle d'une voix éteinte.

— Est-ce que je me trompe ?

— Non, mon père...

Et elle cacha son visage dans ses mains.

La voix du moine se fit plus rude.

— Il faut arracher de vous-même tous ces pensers, les déraciner, les jeter loin de vous comme des herbes funestes... Le démon tente les meilleurs d'entre nous... Perdre une croyante comme vous et perdre un prêtre, voilà de ses coups, dit-il, comme s'il se fût parlé à lui-même.

Il leva brusquement la tête, et aussitôt, sous son œil menaçant, elle s'effondra.

— Vous aimez un prêtre. Voilà ce que vous ne pouvez pas avouer... Vous avez levé les yeux sur un serviteur de Dieu... Je ne dis pas que vous vous en rendiez compte. Mais Satan vous a induite au plus abominable des péchés !

Un cri de douleur sortit de la poitrine de la jeune fille.

— Il faut quitter cette ville quelque temps, entendez-vous ? Il faut oublier, il le faut. Peut-être Dieu exigera-t-il beaucoup de vous ? Ce ne sera pas trop de toute une vie de piété pour vous racheter... Mais la miséricorde de Dieu est infinie... Quittez Blois. Avez-vous des parents dans la région ?

— Oui, à Bourges, dit Suzanne à travers ses sanglots.

— Allez-y. Priez dans la grande cathédrale. J'espère pouvoir vous absoudre à votre retour.

Elle sortit du confessionnal, la tête perdue, se heurtant aux chaises, et s'affaissa derrière un pilier, dans un coin isolé.

Peu à peu, cependant, la sérénité de l'église la calma. Il était tard. Les mouvements convulsifs de son cœur se brisaient peu à peu, comme des lames, sur ce rivage de silence. Une horrible fatigue l'envahissait ; sa tête était en feu... Elle se sentait prise d'une invincible torpeur où chavirait sa pensée ; elle perdit conscience et, harassée, s'assoupit.

Cela ne dura que cinq minutes, dix peut-être. Quand elle revint à elle, saisie par le froid, un long frisson la secoua... Transie, éperdue, dans un de ces grands vides de l'âme où l'on cherche à tâtons son être, elle se leva, anxieuse, se demandait une seconde pourquoi elle était là. Puis, tout lui revint.

O minute atroce ! Les paroles du Père Lavrillière sonnaient à ses oreilles... Elle aimait un prêtre ? Elle aimait... J'aime, j'aime. Est-ce que j'aime ? Qu'est-ce que cela veut dire ? Elle se répète ces mots à mi-voix. Machinalement elle en écoute le son sans comprendre... Elle a vécu ces derniers temps dans un trouble d'idées et de sentiments qu'elle a toujours hésité à analyser, se laissant aller au charme des heures... Maintenant elle cherche à lire dans son âme. Jésus savait qu'elle aimait, et qu'elle aimait un prêtre !

Mais non, elle n'aime pas. Ce moine n'a pas dit vrai. Il a mal compris sa confession, mal interprété ses sentiments... Oh ! honte ! quelqu'un aurait pu découvrir ses troubles secrets les plus profonds ! Il lui semblait qu'elle fût dévêtue... Instinctivement, elle ramena son manteau sur elle.

Ses tempes battaient. Elle se mit à égrener son chapelet, balbutiant des mots d'oraison, se forçant à les répéter, à les penser. Mais, malgré elle, l'obsession revenait, épouvantable. Un précipice s'ouvrait sous ses pas... Le péché le plus affreux, celui dont son âme innocente s'épouvantait, elle l'aurait commis ?... Un prêtre, un serviteur de Dieu, un être sacré, en qui le Tout-Puissant avait mis un rayon de lui-même !... Une honte, une honte atroce lui faisait cacher son visage, comme si toutes les blancheurs du paradis par elle étaient ternies. Elle ne se sentait plus digne de passer au milieu de cette candeur ; les anges se voilaient la face. Elle était impure... Et ce mot abattait tout son rêve, sa vision liliale de poésie, de virginité, ses aspirations infinies vers l'idéal divin. Une affreuse sensation de déchéance, d'abandon, de chute dans un abîme sans fond la fit crier d'horreur physique, comme devant un danger matériel.

« Mon Dieu, pourquoi m'avez-vous abandonnée ? J'étais pure et prête pour vous ! »

Une sueur froide mouillait ses tempes. A chaque instant, elle s'apercevait qu'elle oubliait sa prière.

« Voilà que je ne puis plus prier ! »

Et elle s'affaissa sur sa chaise. Son petit banc qui tomba fit retentir les voûtes ainsi qu'un étrange écho. Une vieille dame non loin d'elle se leva et passa comme une ombre. Une lueur de couchant rougeoyait dans les vitraux.

« Jésus, Jésus !... »

Dix fois, vingt fois, elle se répéta ce mot, les lèvres serrées, le front barré, les mâchoires contractées, les poings fermés, jusqu'à ce que cet effort mécanique domptât son tremblement, lui rendît un peu de calme. Elle se ressaisit et se remit à genoux, à même la dalle froide, et fixa ses yeux sur le christ doré qui dominait le petit autel, s'efforçant de ne plus penser à rien, de vider son cerveau, en attendant la venue de l'esprit divin.

Mais ses pensées volaient sans ordre et, malgré elle, comme des éclairs, peut-être parce qu'elle les chassait, des images violemment lumineuses passaient devant ses yeux : la petite église blanche d'Orchaise, l'abbé Mercadier cueillant machinalement les fleurs sauvages, et tous deux, les yeux perdus sur la ligne adoucie de l'horizon — et sans cesse ces images accouraient, se précipitaient au-devant de celle de Dieu... Au-dessus d'elle, le christ doré restait inerte et froid.

Elle se troubla de nouveau. Le moine aurait-il dit vrai ? Elle s'abattit sur son prie-Dieu. Elle, si croyante, si pénétrée de l'amour divin,

elle à qui Dieu parlait, qu'entre ses créatures il avait choisie pour se reposer, comme dans un sûr asile, serait-elle tombée dans un semblable péché ? Non, Dieu ne le croirait pas ; ce n'était pas possible, ce n'était pas possible !...

Pourquoi donc semblait-il se détacher d'elle ? pourquoi ne sentait-elle pas dans son cœur cette flamme, ce tressaillement de tout l'être qui annonçait sa venue ? Peut-être croyait-il qu'elle l'avait oublié, peut-être croyait-il ce qu'avait dit ce moine !... Et d'ailleurs, qu'était-elle allée faire auprès de ce confesseur ?... Avait-elle besoin de lui pour s'adresser au Seigneur ? Et elle s'expliquait maintenant avec Dieu, elle lui parlait, naïvement, comme un enfant qui discute sa faute.

« Jésus, c'est vous seul que j'aime, vous seul... »

Oui, évidemment, elle avait joie à retrouver l'abbé Mercadier dans le sentier des pommiers.. Il était nu-tête ; il allait à grands pas. Le beau matin clair c'était, tout neuf, où l'âme semblait vivre de lumière ! Oui, elle se plaisait en sa présence — oui, elle s'ennuyait les rares jours où il n'apparaissait pas... Oui ; mais était-ce là de l'amour ? Elle n'en convenait point.

Maintenant, plus calme, elle cherchait à s'analyser et elle s'apaisait un peu. Elle ne pouvait se dissimuler le tressaillement profond de tout son être lorsqu'à l'autel, dans ses habits sacerdotaux, le prêtre épandait sur ses fidèles la bénédiction de Dieu. C'était pour elle qu'il élevait les mains ; c'était sur elle que tombait la paix divine... Elle était sa pénitente préférée... Évidemment il songeait à elle pendant l'office divin... Elle se rappelle des regards... Les yeux dilatés dans l'obscurité, elle le revoit, si fin, d'une beauté si ardente, qui s'harmonise si bien avec les gestes lents, le costume étincelant et le décor blanc qu'elle ressent la nostalgie de ce temps-là... C'est un temps lointain où tout est charme et bonheur, où tout chante en elle comme tout chante au dehors, et quelque chose de singulier passe alors dans son cœur, comme une douceur qu'elle n'a jamais connue...

Malgré tout, elle raisonne. elle discute avec Dieu... Elle cherche à se disculper. Si la voix de Mercadier la troublait, c'est qu'il prononçait des paroles divines... Sans doute, elle avait pour lui une grande amitié... Sans doute, elle aurait souffert de ne plus le voir... sans doute elle eût aimé à vivre non loin de lui, à s'épanouir avec lui dans une joie de jeunesse... C'est un soir d'été... Il est là près d'elle...

Tout est trouble, rien autour d'eux, rien qu'eux dans l'univers ; la forêt, la maison, l'église ont disparu. Ils vont dans une buée lumineuse : que sa lèvre est fine ! comme ses yeux passionnés la regardent ! Son cœur se gonfle, ses membres tremblent, sa respiration se presse et se mêle à celle du prêtre. Un frisson lui parcourt le corps, et, défaillante, elle sent sur ses lèvres se poser des lèvres ardentes...

Un cri strident... Elle s'éveille de cette vision si réelle, si violente qu'elle a senti, oui, senti les lèvres du prêtre et qu'elle s'essuie la bouche.., Elle s'est levée, raidie, épouvantée.

« Je suis damnée... Mon Dieu, mon Dieu... ayez pitié ! »

Et à travers les sentiers des chaises, sans oser prier, sans oser s'agenouiller, elle s'enfuit, comme Ève s'enfuit de l'Éden sous la malédiction divine.

1

Suzanne entrait dans la cathédrale, venant du jardin de l'évêché ; elle ne vit pas l'abbé Mercadier qui, lui, arrivait par le grand portail. Il s'avançait, le front haut, dédaignant les attitudes penchées, les cheveux bouclés rejetés en arrière, conscient de ses avantages physiques.

Il aperçut sa « vicairesse » d'Orchaise, comme il l'appelait... Depuis huit jours, il ne l'avait pas vue.

Mercadier s'en étonnait... Cette jeune fille gracieuse et blonde avait pris dans sa pensée une place chaque jour plus grande. Fils naturel d'un gentilhomme ariégeois et d'une bergère, il avait de son père la finessse aristocratique, et de son origine plébéienne, l'énergie tenace, le besoin de domination. L'Église lui apparaissait comme un champ d'action illimité. Connaissant son charme physique, il s'appliquait à n'en point perdre les avantages ; au séminaire, on l'appelait « la sirène ». Vingt-neuf ans bientôt... Il aimait la société des femmes, sur lesquelles il sentait son ascendant. Devant elles, souriant, un peu cérémonieux, d'une courtoisie attentive, il semblait se donner tout entier à chacune — et passait. Il jouissait du plaisir de les tenir dans sa main, de jouer avec leurs âmes, de pénétrer leurs secrets, de sentir à nu leur cœur, de leur faire avouer leurs pensées intimes, de les tenir palpitantes sous le regard de Dieu, de les humilier au besoin, de retourner leur péché devant elles jusqu'au dégoût ; puis, lorsqu'il les rencontrait en dehors du confessionnal, de redevenir le prêtre mondain et courtois, de les saluer avec respect, de paraître avoir tout oublié, de les flatter, mais en conservant toutefois dans les yeux la fierté de celui qui sait, qui domine et gouverne.

Avec Suzanne, il en allait autrement. Étonné de sentir à quel point elle lui manquait, épiait sa venue dans les églises, ému de cette innocence blonde, de sa voix pure, imprégné de son charme...

Dès qu'il la vit ce jour-là, une émotion le fit se hâter vers elle. Suzanne, les genoux tremblants, était prête à fuir. Mais, déjà, il s'inclinait. Il remarqua le trouble de la jeune fille.

— Êtes-vous souffrante ? demanda-t-il.

— Oui, répondit-elle en détournant les yeux.

Elle s'efforçait de ne pas regarder le jeune prêtre, qui en parut étonné.

— Rien, peu de chose, ajouta-t-elle. Adieu, monsieur l'abbé.

Mais il la retint, insistant.

— Voyons, mademoiselle, on dirait que vous êtes fâchée, que vous me boudez... Avez-vous oublié votre ami d'Orchaise ? Malgré moi, je regrette ma petite paroisse et la vieille église. C'est que vous en étiez l'âme...

Ses grands yeux sombres s'allumaient du désir de reconquérir cette amie qui lui échappait... Auprès des autres femmes, il avait plaisir à sentir des âmes qui le frôlaient, mais il n'en éprouvait point de tressaillement. Devant la froideur de Suzanne, il perçut une pointe douloureuse en lui.

La jeune fille se mit à trembler ; elle se força cependant à sourire, tandis que ses dents claquaient. Elle était très pâle, affinée encore de grâce souffrante. Sa bouche eut une torsion pénible ; elle sentit tout son être prêt à s'abîmer dans les larmes, et, sans y penser, sans savoir pourquoi, comme si elle se fût accrochée à une épave de salut, elle prononça ces mots :

— Je veux me faire religieuse !

L'abbé Mercadier eut un tressaillement qu'il réprima. Il s'efforça de maîtriser son émotion, puis parla.

— Comment ? Qu'avez-vous ? Que signifie cette résolution soudaine ? Et vos parents, votre mère, sont-ils au courant ? Qu'en disent-ils ?

Suzanne avait mis son mouchoir sur ses lèvres et regardait fixement le carrelage... Elle ne répondit pas. Elle s'était jetée, tête baissée, sur cette idée, à laquelle elle n'avait pas songé la minute précédente. Dès qu'elle eut prononcé cette parole, commandée par les nerfs, presque involontaire, sa résolution s'ancra, s'organisa. Et maintenant, d'un seul coup, des portes lu mineuses s'ouvraient sous ses pas ; il semblai ? qu'elle eût franchi le seuil d'un asile inviolable et elle se sentait presque en sûreté.

Ses parents ? Cette idée l'arrêta un instant, mais elle fut chassée par d'autres, et d'ailleurs le prêtre parlait de nouveau.

— Vous ne pouvez pas les quitter ainsi, quitter votre vertueuse mère, si elle ne l'accepte pas elle-même. Je la verrai d'ailleurs.

— Non, non ! ne dites rien, je vous en prie ! Ne dites rien ; il vaut mieux, voyez-vous.

— Comment ! vous vous êtes décidée aussi brusquement ? Dieu souhaite-t-il des vocations aussi rapides ? Êtes-vous sûre de vous ? Êtes-vous sûre que c'est lui qui vous parle ? Enfin, voyons !...

Il parlait d'une voix émue, basse, et les yeux de Suzanne étaient pleins de larmes.

— Il le faut, dit-elle.

— Il le faut ? Évidemment, ce n'est pas à moi à détourner une âme de la vie religieuse. Seulement, il est de mon devoir de vous éclairer. On se repent d'une telle décision parfois, quand on s'aperçoit qu'elle n'est pas dictée par Dieu...

— Je ne veux être qu'à lui !

— Mais croyez-vous qu'il n'est pas besoin de croyantes comme vous dans la vie laïque ? Votre exemple n'est-il pas une belle leçon pour le monde ? Au lieu de vous enfoncer dans une foi égoïste, de vous murer dans un couvent où vous serez inutile à Dieu — car enfin il faut dire les choses comme elles sont — croyez-vous qu'il n'y ait rien à faire pour Dieu dans le combat de la vie ? Non, vous ne nous quitterez pas ainsi...

Il s'arrêta, ému.

— Vous voulez oublier notre église de Saint-Nicolas ?

Ils restèrent muets un instant, tous deux le cœur palpitant. Quelques vieilles femmes passaient. Il parut gêné.

— Nous sommes mal pour causer, ici.

Ils se sentirent honteux de leur jeunesse trop rapprochée... Derrière un pilier, il continua, la respiration plus courte, pressant :

— Vous voulez nous abandonner — m'abandonner... Savez-vous ce que j'en souffrirai ? jeta-t-il d'une voix sourde et tremblante.

Il lui saisit les mains — mais, brusquement, elle se dégagea.

— Non, non ! Il le faut ! Adieu !

Des pas pressés et lourds arrivaient près d'eux.

— Monsieur l'abbé, monsieur le doyen vous attend.

Ils se retournèrent, effrayés par la rude voix du Père Lavrillière.

L'abbé Mercadier rougit, s'inclina et disparut.

Le front sévère, le moine regarda la jeune fille.

— Quoi ? vraiment, vous ? dit-il.

— Mon père, répliqua-t-elle doucement, mais avec résolution, j'ai fait part à monsieur l'abbé Mercadier — je viens de le rencontrer pour la première fois depuis huit jours — de mon désir d'entrer en religion.

Il eut un haut-le-corps, mais il se ressaisit.

— Et il vous en dissuadait sans doute, reprit-il d'un ton dur.

Suzanne ne répondit pas. Mais la voix du moine s'adoucit. Dans son esprit fertile, un plan s'élaborait, une lumière avait jailli et l'éclairait d'une joie de triomphe. Il se signa et leva les bras au ciel.

— C'est donc Dieu qui le veut... *Sit nomen Domini benedictum...* Mon enfant, peut-être êtes-vous l'agneau de Dieu qu'il appelle à lui... C'est une haute pensée que la vôtre ; elle rachète bien des erreurs de l'imagination... Si vraiment vous voulez appartenir à cette cohorte de saintes filles... Mais entrons dans ce confessionnal.

— Ainsi, vous m'approuvez, mon père ?

— Comment un soldat de Dieu ne vous approuverait-il pas ? Mais, vous le savez — et il prit un ton grave, quasi solennel, un peu hautain — Dieu veut qu'on soit à lui sans partage. Dieu veut d'un amour unique et que rien des affections d'ici-bas ne puisse troubler... Tu quitteras ton père et ta mère, a-t-il dit à ses disciples. Êtes-vous prête ?

Un sanglot vint aux lèvres de Suzanne. Elle se maîtrisa.

— Je suis prête.

— Vous êtes prête à vous dire : je suis morte pour le monde, ma vie n'est plus ici-bas ?

— Oui, mon père.

— Vous avez renoncé à toute chaîne humaine... Que votre corps soit comme une loque informe, un reste méprisable de votre être par quoi vous êtes encore liée à la terre pour un moment, mais que vous dédaignez ?

— Oui, mon père.

— Qu'il soit sans cesse devant vos yeux décomposé par la pourriture de la mort et mordu par le ver de la tombe ? Dites-le !

— Je suis prête !

— Qu'à tous les instants de votre vie, vous n'ayez présentes à l'esprit que les perfections de Jésus, son cœur adorable qui vous attend, et la vie éternelle qu'il vous promet dans son sein... Renoncez à tout et ne voyez plus rien... Soyez comme un aveugle dans cette vie mortelle et que vos yeux ne s'ouvrent que sur les clartés célestes... C'est un dur sacrifice. En êtes-vous capable ?

— Je le désire, je le souhaite ! Je n'aime que Jésus !

— Si demain on vous annonçait : Ces yeux ne verront plus, ce visage sera couvert d'une lèpre hideuse, ce corps ne sera qu'une plaie affreuse, diriez-vous comme Job : « Que le saint nom du Seigneur soit béni et que sa volonté soit faite ? »

— Je le dirais, mon père !

Et, d'un élan, elle tendit les bras vers l'image du confessionnal, vers le Sacré-Cœur sanglant, les yeux révulsés, le front heurtant le bois du prie-Dieu.

— C'est bien, mon enfant. Relevez-vous... Je ferai le nécessaire... Je vous absous, au nom du Père, du Fils et du Saint-Esprit.

Et il leva la main pour tracer sur le front de la jeune fille le signe du pardon.

— Maintenant, allez en paix. Éprouvez votre vocation. Allez à Bourges, comme vous le disiez. Et écrivez-moi.

Chancelante, elle sortit de l'église et descendit le parvis. Dehors, elle marcha comme une somnambule et arriva à la maison, l'âme en un tel émoi qu'aucune pensée ne pouvait se fixer en elle.

Elle était seule. Elle se hâta de monter à sa chambre et, là, elle tomba à genoux devant le crucifix, les yeux dilatés, tremblante, pauvre petite épave jetée par la vie aux pieds de Dieu...

Le regard fixé sur l'image d'ivoire, elle essayait de recouvrer le calme et, obstinément, ses lèvres murmuraient les prières rituelles. Elle donnait sa vie à Dieu. N'était-ce pas la seule rançon qu'elle pût offrir pour sa faute ? Dans son cerveau meurtri, d'étranges images naissent... Des blocs de rochers s'amoncellent autour d'elle, et au fond d'un affreux abîme, elle se voit abandonnée,

écrasée... Des monstres hideux rampent vers ses flancs.

Elle cherche la face de Dieu, la face salvatrice...

Elle cherche en vain.

Une horrible souffrance la transperce ; elle se lève de toute sa hauteur, effarée, comme un homme abandonné qui guette une lueur ou une voile...

« Mon Dieu, m'abandonnez-vous ? »

Mais Dieu ne répond pas...

11

Anne Martin-Pretax, depuis huit jours, ne vivait plus. La bataille électorale était dans son plein, et, craignant l'abandon du petit monde clérical, Anne allait et venait entre son logis et celui de tante Varnier, bousculée entre les récriminations de la vieille dame et la nervosité de son mari. Georges, impatient, la renvoyait à ses curés quand elle se plaignait, et c'étaient entre eux une tension continuelle, des mots aigres, des querelles. A ses côtés se jouait une formidable partie à laquelle elle ne comprenait rien. L'abbé Mercadier était parti brusquement, en « retraite » dans un couvent lointain ; elle ne l'avait pas même vu. Pourquoi ? On ne lui avait rien dit. L'abbé Rambure répondait évasivement. A propos de Suzanne seulement, il ne tarissait pas d'éloges sur les vertus chrétiennes de la jeune fille et sur l'exemple édifiant qu'elle donnait.

— C'est une sainte, une véritable sainte. Dieu vous donne cette consolation dans votre malheur.

Elle baissait la tête, flattée, et peu à peu elle se croyait une victime choisie par Dieu pour souffrir dans la vie d'ici-bas. Son mari prenait des aspects de monstre. A force de s'entendre plaindre, elle se figurait être la proie d'un tyran odieux, de quelque antéchrist redoutable : n'était-ce pas lui qui, à Blois, menait la lutte contre Dieu ? Les souvenirs ne laissaient en elle que de froids dessins, à demi effacés, car elle avait peu d'imagination. Sa jeunesse, sa lune de miel ne se paraient guère de ces images poétiques qui font que les femmes âgées aiment toujours dans leur vieux mari l'époux-amant de leur vingtième année... La vie avait endormi en elle le sentiment ; elle s'était laissée aller au ronron familier d'une existence paisible, où tout est prévu, jusqu'à la fin — jusqu'à l'éternité.

Depuis quelques jours, d'ailleurs, elle se sentait plus entourée des attentions du petit cercle de tante Pretax. On se resserrait autour d'elle, comme si on eût voulu l'isoler davantage, l'emprisonner dans les replis de la robe de l'Église. Il semblait qu'à mesure qu'elle se détachait de son mari, elle fût plus choyée par cette seconde famille où elle s'habituait à vivre.

Le Père Lavrillière était venu, mais il n'avait trouvé que tante Pretax à qui il avait, avec un luxe de précautions inutiles, confié les projets de Suzanne, chargeant la vieille dame et ses amies de tâter le terrain, d'éprouver les résistances possibles. Car, dès le soir même où la jeune fille lui avait révélé son secret, tout un plan s'était élaboré dans l'esprit combatif du moine, plan qui devait ruiner à jamais, espérait-il, la candidature de Martin-Pretax. L'homme dont la fille entrait en religion était-il possible à la mairie de la ville, après avoir été l'élu des partis avancés? Quoi qu'il en soit, cette prise de voile serait une revanche des mépris et des injures dont on abreuvait l'Église! Aussi il s'était ouvert immédiatement de ce projet au petit état-major de prêtres qui, de perron en perron, colportait les nouvelles tout le long des rues hautes de Blois. Par les soins de son entourage, tante Varnier fut rapidement conquise, et en raison de sa haine contre Martin, elle se montra des plus ardentes à hâter le dénouement. La seule opposition que l'on pût craindre était celle de madame Pretax.

L'abbé Rambure était d'avis de ne pas pousser Suzanne vers les ordres cloîtrés, afin d'éviter la résistance inévitable d'une mère que l'on sépare pour toujours de son enfant. Suzanne, chez les Carmélites, eût été morte pour elle. Une religieuse non cloîtrée, au contraire, qui va, qui vient, visite les malades, qu'on rencontre chaque jour, n'est-elle pas une femme comme une autre? Elle ne quitte ni sa famille, ni ses amis. Elle vit saintement, selon son cœur et selon le cœur de Jésus, tout simplement. Adroitement, le curé amenait la conversation sur la vie religieuse, sur la paix de l'âme qu'on y trouve, sur la vie présente assurée et tranquille — sur la certitude du salut éternel.

Cependant, il était indispensable que la nouvelle fût officielle sous peu. Le Père Lavrillière, grondant, impatient, attendait chaque jour la lettre qui devait, de Bourges, l'informer de la résolution définitive de Suzanne. Or, cette lettre ne venait pas. Il avait écrit à la supérieure des Ursulines pour lui recommander à nouveau la jeune fille et il ne recevait rien. Dix jours s'étaient écoulés... Avait-il eu tort de l'envoyer là-bas? Cependant ce délai était nécessaire pour préparer la mère et pour porter un coup plus inattendu au parti Martin-Pretax. La famille qui la recevait était des plus pieuses; la supérieure, au courant des vues du moine, Que se passait-il donc?

Des prêtres, des sœurs circonvenaient Anne adroitement. Un jour, on lui révéla à demi les sentiments de Suzanne en lui présentant son projet comme une hypothèse, une chose en l'air, afin de tâter le terrain.

— Si votre Suzanne, qui est une si parfaite chrétienne, voulait se consacrer à Dieu? On ne serait pas étonné qu'elle y songeât! La vie de ce monde est si triste! Et quelles douleurs on s'y prépare! Vous en savez quelque chose!

Anne répondait évasivement; mais on la devinait vaguement hostile.

— Si j'avais plusieurs filles, dit-elle un jour, ce serait pour moi une joie et un honneur que d'en donner une à Dieu. Mais je n'ai que celle-là. Que me resterait-il?

— Oui, oui, sans doute, répondait l'abbé Rambure. Sans doute, ce serait bien pénible. Mais votre fille se mariera... sera-t-elle heureuse? Peut-être sera-t-elle séparée de vous longuement — ou pour toujours! Qui sait si son mari ne la détachera pas de vous?... Je souhaite évidemment qu'il en soit autrement... Il va sans dire que je suis loin de peser sur votre décision. Si je devais peser sur quelqu'un, ce serait sur la jeune fille elle-même, pour tenter de la détourner de la vie religieuse, afin d'éprouver sa vocation — dans le cas où elle en aurait une. Vous savez qu'il est de règle dans l'Église de s'assurer que ceux qui viennent à nous sont bien marqués du signe d'en haut... Et, d'ailleurs, je m'en voudrais de vous causer la moindre peine... Quelle pieuse et digne religieuse ce serait! Comme elle serait belle sous la robe blanche des dominicaines! Je suis sûr, d'ailleurs, que, douée comme elle l'est, pleine de ferveur et parée de tous les charmes du caractère et de l'esprit que nous lui connaissons, elle serait le plus bel ornement de son couvent. Qui sait si vous ne la verriez pas un jour supérieure de la congrégation? Je l'imagine très bien dans ce rôle, conduisant son troupeau dans la bonne voie, grâce à l'autorité que lui donnerait sa piété. Sœur Suzanne supérieure d'un beau couvent... Si cette bre-

bis était destinée au Seigneur, la lui refuse-
riez-vous ?

Bien que ces paroles la flattassent, elle se
sentait profondément troublée.

— Je verrai ; nous en parlerons... Il faut
attendre...

Le Père Lavrillère vint aussi à la petite
maison du Remenier et, avec sa vigueur
habituelle, il entra en matière aussitôt.

— Vous devez à Dieu une compensation.
Votre mari est du parti ennemi — ennemi de
l'Église, ennemi de Dieu. Si vous donnez
votre fille à l'Eglise, vous rachetez ainsi le
dommage que vous lui avez causé. Car,
madame, si Dieu vous demande, au jour du
jugement : « Qu'as-tu fait de ton époux ? »
que lui répondrez-vous ?

— Il sait, répondit-elle, que j'ai cherché à
l'amener à nous !

— Vous avez été trop faible ! Il fut un
temps où votre mari, plus jeune, était mieux
en votre pouvoir que maintenant. Des liens
nouvellement noués l'unissaient à vous.
Vous n'avez pas su les maintenir... N'aviez-
vous donc rien promis à Dieu ? Ne vous
étiez-vous pas engagée devant lui à mener
une vie chrétienne, à amener à ses pieds un
époux chrétien ?

Anne, effrayée, se rappela le passé... Oui,
dans la petite chapelle du couvent, elle avait
promis à Dieu... Elle n'avait pas tenu cet
engagement...

Mais le moine continuait.

— Vous ne l'avez pas fait, vous avez manqué à Dieu. Ne craignez-vous pas qu'il s'en
souvienne ? Mais, ajouta-t-il insinuant, persuasif, Dieu vous accorde, en récompense de
vos efforts et dans sa bonté, une grâce... une
grâce infinie. Il a mis dans le cœur de votre
fille un tel amour de lui que l'erreur de l'un
des vôtres peut en être effacée... Dieu ne
vous a jamais abandonnée. Souvenez-
vous !

Anne revit le temps, où près de la mort,
elle avait été sauvée par l'intervention
divine... De nouveau, un signe de Dieu était
sur elle... Elle ne résistait plus ouvertement ;
on ne résiste pas à Dieu... Cependant, au
fond d'elle-même, elle sentait poindre une
tristesse qu'elle n'analysait pas, la sourde
hostilité de l'instinct, la révolte inconsciente
de la race qui ne voulait pas s'éteindre. Elle
ébauchait encore le geste de la mère qui
retient son enfant...

III

Suzanne était depuis douze jours à Bourges
chez les cousins Dorneval. Le milieu était le
même que chez tante Pretax, avec plus de
rudesse, avec une austérité quasi janséniste.
Elle passa de longues heures dans la compagnie de la supérieure des Ursulines qui, d'après
les instructions du Père Lavrillière, l'entretenait de son futur état, comme si son entrée
dans les ordres eût été chose décidée. Elle eût
voulu la garder. Mais Suzanne résistait.

C'est qu'en elle-même elle n'avait pas
retrouvé la divine paix qu'elle connaissait
autrefois. De longues insomnies rendaient
ses nuits terribles. Elle se réveillait parfois,
les tempes mouillées de sueur, la gorge sèche,
serrée par l'angoisse. Alors elle se relevait,
tremblante de froid et de crainte ; elle s'agenouillait devant le crucifix et, dans la nuit,
elle appelait Jésus... Prêtant l'oreille, attendant un murmure, une voix, tout son être se
tendait vers le Sauveur, et tout restait muet
et solitaire. Alors, dans sa détresse, raide,
immobile, elle pressait son front contre le fer
du lit, jusqu'à ce que la douleur fût intense, et
elle y trouvait une volupté de souffrance...
Puis, brisée, elle s'endormait avec de grands
tressaillements...

Peu à peu, cependant, le souvenir de Mercadier lui semblait moins distinct ; la petite
église d'Orchaise moins proche. Le passé
s'éloignait, s'estompait... Mais comme Dieu
lui tenait rigueur de son égarement ! A cer-
tains moments, elle se désespérait, se roulait
sur le plancher, labourait sa chair de ses
ongles.

« Mon cœur est à toi, Jésus ! mon sang est
à toi... Je suis à toi tout entière ! »

Mais la voix divine ne répondait pas et
d'horribles crispations la torturaient ; il semblait qu'on tenaillât ses muscles, ses nerfs,
que tout son être fût prêt à se briser, à se
disloquer sous la pression des forces intérieures.

Elle retrouvait un peu de paix sous les
arceaux du cloître des Ursulines, parmi le
feuillage des figuiers qui caressait les vieilles
pierres jaunies. A la sœur supérieure elle ne
disait rien de ces nuits terribles, par pudeur
sans doute, et peut-être aussi par crainte de
n'être pas comprise, par cette tendance qu'elle
avait toujours eue à s'adresser directement à
Dieu, sans vouloir mêler des tiers à ses élans
d'amour. Elle attendait... Si Dieu ne se révé-
lait pas, c'est qu'elle était encore indigne...

Elle en oubliait ses parents, le Père Lavrillière, l'abbé Rambure. Un jour, seule, elle partit vers la cathédrale. C'était l'avant-veille de Noël. Le soleil brillait sur la neige récente. Il semblait qu'on absorbât de la clarté, tant l'air était léger et l'ambiance lumineuse. Les yeux grands ouverts, dilatés, elle allait. Le vent lui piquait les narines. Un peu de la joie vive du matin pénétrait en elle. Des enfants la regardaient avec des sourires. Une odeur de violettes faisait une haleine parfumée à une porte ouverte. Elle vivait dans le présent, soumise pour un instant aux mille séductions des choses, attendrie par le beau ciel pur, prête à de douces larmes.

Elle monta les hautes marches, assez lentement pour jouir un instant de l'écrasement de l'énorme masse. Au-dessus de sa tête, le front de la cathédrale s'avançait, fait de colonnes, de clochetons, labyrinthe de niches et d'arceaux, peuplé d'êtres étranges, convulsifs, que la vive lumière semblait sculpter dans le ciel bleu. Et l'immense portail était si formidable qu'il paraissait se pencher au-dessus d'elle, comme pour l'anéantir, et qu'elle se sentit prise de vertige.

Elle poussa les hautes portes qui se refermèrent silencieusement ; un soupir sortit du sein de la nef. Devant elle s'ouvrait le vaste vaisseau.

Elle glissait, silencieuse, sur les dalles. Le fracas de la rue s'assourdissait, s'endormait en un roulement vague, comme si une marée eût battu, sans pouvoir y pénétrer, quelque inaccessible forteresse des flots. Sous les voûtes, des bruits aériens, insaisissables, erraient, flottaient, pleins de résonances profondes. Peu à peu, une rumeur légère suivait ses pas : il semblait que des esprits de l'air se fussent levés autour d'elle et que ses gestes mêmes fissent naître des murmures.

La lumière affaiblie laissait tomber une paix sereine sur l'immuable blancheur. Quelques grands rayons reliaient au ciel, à travers les vitraux, les ors de l'autel...

Suzanne s'enfonçait dans le silence. Ce qui l'attirait, comme d'habitude, c'était une chapelle perdue dans le labyrinthe des piliers, un endroit secret, humide, obscur... Des mousses verdissaient le bas des murs, et, dans la paix de ce tombeau, une lampe brûlait, à petite flamme, en jetant parfois un éclair dans un crépitement.

Elle s'agenouilla sur le bord d'un banc étroit et regarda fixement la lampe. Peu à peu ses yeux se brouillèrent ; elle vit devant elle flotter, tourbillonner les objets...

... Immobile, les mains jointes, elle attend. Ses oreilles bourdonnent ; une fatigue intense des yeux la saisit ; un halo entoure le petit autel, s'agrandit, se pare d'étranges couleurs, envahit tout le coin d'église où elle s'est assise... Pâle, les yeux clos, les membres raidis, les dents serrées, elle semble ne faire qu'un avec le banc de bois où elle s'est agenouillée ; elle est la statue scellée au pilier... Un tremblement encore la secoue — et puis s'arrête...

Alors, c'est en elle une inondation de joie, un bonheur immense et débordant. Il semble que toutes les cellules de son être vibrent, palpitent, s'échappent, joyeuses, comme un essaim qui s'envole. Une ivresse totale la saisit... A travers les espaces infinis, transportée dans les bras puissants d'un ange, elle arrive devant Dieu... Il est là près d'elle ; c'est son ineffable sourire, son front haut, son éternelle jeunesse... C'est le Christ de Madeleine, c'est l'Homme-Dieu ardent, jeune et beau... Il lui tend les bras, ils s'en vont tous deux dans un chemin d'idéal... Des fleurs chantent sous leurs pas, des notes ailées courent avec des rayons, les immensités bleues s'entr'ouvrent... Tout a disparu et, dans l'éther immense, elle est avec lui, l'unique, l'élue — et les mondes n'existent plus. Dans l'infini, leurs regards se mêlent, leurs doigts sont unis et ils emplissent l'univers d'eux-mêmes... Elle est en lui... elle disparaît en lui et, dans un incomparable bonheur, elle sent couler d'elle et sur elle toutes les sources de parfums, de lumière, d'harmonie et d'amour. Elle est Dieu même.

IV

Suzanne revint de Bourges dure, fermée, l'âme bandée, sans rien voir du monde extérieur et condescendant à peine aux nécessités de la vie matérielle. Elle marchait avec une rigidité de somnambule et, jalousement, elle gardait devant les yeux l'image de son Dieu.

Elle rentra à Blois un soir, sans s'être rendu compte du trajet qu'elle avait fait. Elle entra aussitôt chez tante Varnier. On ne dit rien à son père de ce retour. Le Père Lavrillière se trouvait à la maison ; on voulait éviter par cette présence toute effusion entre la mère et la fille : une scène de larmes peut-être, de attendrissements qui noieraient les résolutions.

Elle fut reçue comme une élue ; le moine s'inclina et ce fut dans le cercle dévot un concert de louanges.

Anne l'embrassa en tremblant.

— Et ton père ? lui glissa-t-elle à l'oreille.

— Je lui ai écrit, répondit Suzanne.

Anne poussa un soupir. Un drame allait se jouer. Bien qu'elle fût de plus en plus détachée de son mari, elle craignait les événements, les troubles de la vie, les scènes. Elle se sentait depuis quelque temps emportée dans un tourbillon d'événements où elle n'était plus qu'un jouet. Alors, elle songeait à la petite maison de Chilleurs-aux-Bois où elle vivait en paix avec sa tante, au couvent paisible où sa jeunesse s'était écoulée comme une eau rieuse. Pourquoi donc charger sa vie de tant de soins ? Sa fille, après tout, choisissait peut-être la meilleure part ?

Suzanne coucha chez sa tante. Anne revint à la maison du Haut-Bourg. Elle ne put dormir. Tant qu'il y avait du monde à ses côtés, elle ne pensait point, car elle était portée par les idées des autres. Maintenant, elle était là, seule chez elle...

Georges n'était pas rentré encore. Mais bientôt elle l'entendit monter l'escalier, aller et venir dans la pièce voisine, puis se mettre au lit. Il parlait tout seul et semblait agité.

« Demain... demain !... »

Elle répéta ce mot... Elle était acculée à ce demain comme à un précipice : demain, c'était l'abîme... On avait pu différer jusque-là, mais c'était fini... Demain...

Elle se leva brusquement sur son lit, comme si elle eût, par une brusque révélation, compris d'un seul coup la gravité des événements.

Sa fille... Elle savait à quel point il l'aimait, quelles avaient été, pendant la jeunesse de l'enfant, sa sollicitude, ses inquiétudes, son affection nerveuse et douloureuse. Et maintenant, quel ne serait pas son désespoir ! Elle entrevit que c'était une chose horrible qu'on préparait contre lui. Et à elle, à elle aussi, ne prenait-on pas sa fille ? Qu'est-ce que tout cela voulait dire ? La nuit était haletante de terreurs ; tout prenait des proportions de catastrophe...

Puis, elle essayait de se raisonner, de mettre les torts du côté de son mari : n'était-il pas cause de tout cela par son horrible campagne contre Dieu ?

Des bruits familiers... Martin se couche, harassé. Elle l'entend à travers la cloison... Il va s'endormir, paisible sans doute. S'il savait !... Il est couché... Elle entend le craquement du sommier... Pauvre homme ! Un apitoiement lui vient. Demain !... Elle se lève, brusquement ; elle va ouvrir et lui dire... oui, lui dire... Il faut qu'il sache... Mais, tremblante de froid et de peur, en touchant la porte, elle s'arrête... Ce carrelage est glacé ! Sa tête brûle... Elle jette les yeux sur son crucifix. Une épouvante où sombre sa pensée la saisit...

Où est le devoir ?

Instinctivement, elle tombe aux pieds du Christ ; elle prie... Et elle reste là, immobile, la tête bourdonnante, cerclée de souffrance, le chapelet aux doigts, jusqu'à ce que, harassée, inconsciente, annihilée par l'extrême fatigue, elle se jette sur son lit et s'endorme.

V

Depuis deux jours, la lutte est terminée. La liste du professeur a été élue tout entière. Les mains se sont tendues vers lui ; on l'a porté en triomphe. L'esprit vague, encore échauffé de la lutte, plein de petites joies inconscientes, il s'en va ce matin, seul, sur le mail, les yeux grands ouverts, heureux, apaisé. La Loire est lumineuse et large ; des collines légères s'allongent sur l'horizon. Au-dessus des mille toits de la ville haute, sonne la cloche du matin. Martin-Pretax l'écoute. Chose curieuse, sa voix est celle des cloches de son village. Les coups tombent des abat-son, s'envolent comme des esprits ailés sur la fraîcheur des bois, sur le frisson humide des arbres au vent matinal, parmi les roses pâles et les fines blancheurs d'une aube hivernale. Aussitôt il se revoit dans l'enclos de la maison paternelle, et dans son esprit vibre le carillon des souvenirs ; une émotion indéfinissable le traverse, comme un courant parfumé, comme un nuage de pensée, d'une douceur infinie, où passent en vapeurs légères le regret, la mélancolie, les joies disparues et toute la poésie du passé...

Et la cloche sonnait en volées aériennes ; elle sonnait et c'étaient comme des voix spirituelles ; elle sonnait, et c'était le chant même du souvenir ; elle sonnait, sonnait au-dessus des hommes, bien haut, très haut, et ses vibrations allaient éveiller dans toutes les âmes les mêmes sentiments vagues et religieux, et ainsi la cloche du matin sonnait dans les cœurs, dans l'air vif, sur la glèbe gelée, sur le passé et sur le présent, sur la Loire, rose encore du soleil levant qui montait du sein des eaux, sur les plaines infinies ; et sur la terre passait, aérien, large et palpitant, un battement du cœur divin...

Toute cette poésie pénètre l'âme de Martin-Pretax, et il sent remonter en lui, du fond des siècles, la prière des aïeux. D'entendre la même voix de bronze qui retentit à leurs oreilles, il semble qu'il est plus près d'eux ; un moment son âme est leur âme...

Il rêve...

Ce petit temple perché là-haut, dans le ciel, c'est là tout ce qui domine cet amas de maisons ; cette voix, c'est une des choses pures comme l'azur, comme la lumière matinale... C'est là que devrait demeurer éternellement, comme une braise ardente dans un feu de pâtre abandonné, l'étincelle capable de ranimer les cœurs, de les enflammer de quelque idéal... Une maison d'idéal...

Et ses yeux se portent sur la Loire qui làbas, vers Chouzy, se confond avec la nue ; les toits se panachent de fumées frêles, et le ciel est mauve et rose, et c'est une candeur matinale ineffable.

Il respire à pleins poumons...

— C'est idiot, dit-il tout haut, de s'agiter dans la vie... Que diable suis-je allé faire dans cette galère politique ?

Puis il sourit et hausse les épaules.

— Voilà que je deviens mystique...

A l'échauffement de la lutte succède une lassitude pleine de douceur. Et ses pensées s'agitent, fourmillent joyeuses comme une ruche réveillée. Il raisonne, il refoule les vieux instincts qui l'ébranlent... Et il songe à ce qu'on a fait de la religion chrétienne, au rapetissement de la foi, à la bigoterie, au racornissement de tante Varnier-Pretax — car malgré lui l'Église lui apparaît facilement sous les traits de la vieille dame pour laquelle son antipathie augmente chaque jour. Il sourit de cette image puérile, puis il continue sa rêverie, laissant errer son esprit parmi la poésie de la légende chrétienne. Et il déplore en lui-même que l'Église moderne n'ait pas compris que cette poésie suffit à décorer magnifiquement des idées morales et qu'elle croie nécessaire d'imposer à l'esprit moderne des croyances contre lesquelles il se révolte...

— C'est au peuple qu'elle aurait dû parler, à la vieille âme populaire des chansons, des dits, des complaintes, de la sensibilité naïve — et non pas se faire le champion des classes riches, lier son sort à celui des oisifs, pourchasser l'innocent. Une telle Église est destinée à tomber en ruines. Et c'est en vain que la voix légère des cloches palpite dans l'air du matin : elle n'émeut plus le monde.

— S'il revenait, le Christ serait dreyfusard, dit-il tout haut en souriant.

Il rentra chez lui, content, l'âme bienveillante.

— Tout cela passera. Ces femmes, on les ramènera tout doucement... Au fond, Anne ne sera pas fâchée d'être la mairesse ; son salon se remplira !

Il était dix heures. Dans la maison, il n'y avait personne.

Il haussa les épaules.

— Encore une capucinade, ce matin, sans doute, grommela-t-il.

Sa bonne humeur s'enfuyait comme une fumée. Il entra dans son cabinet de travail. En évidence, une lettre était là. Étonné, il l'ouvrit.

C'était l'écriture de Suzanne.

D'un coup d'œil, il la parcourut, sautant les phrases, allant de la première à la dernière. Puis, d'un effort, il ressaisit son attention et lut :

« Mon cher père. Cette lettre te causera une grande peine, je le crains, et je t'en demande pardon. J'ai pris la résolution de me faire religieuse. Ne me demande pas les motifs de cette décision. Je dois entrer d'ici quelques jours à la maison des Ursulines de Bourges. J'ai craint de te dire cela de vive voix, c'est pourquoi je t'écris. En attendant mon départ, je demeurerai chez tante Pretax. Permets-moi de prier pour toi.

« SUZANNE. »

Georges regarde autour de lui, comme s'il voulait se rendre compte de la réalité des objets qui l'entourent. Chancelant, il sort de son bureau, passe dans la salle à manger vide. Tout est là, rangé comme d'habitude, paisible, familier, attendant des hôtes... Non, elle va rentrer... Ce soir, on sera réunis comme d'habitude... Il a la brusque vision de la soirée autour de la lampe, au milieu de l'atmosphère tiède...

C'est impossible, idiot... une mauvaise plaisanterie, une vengeance d'un ennemi politique... Il se jette à la fenêtre, instinctivement. La cathédrale apparaît, morceau de pierre orgueilleux et froid, écrasant du pied les maisons basses.

Il se force à rester immobile, attendant que ses idées puissent se rassembler...

Sa femme? Savait-elle? Depuis quinze jours, il la voyait à peine... Oui, sans doute, c'était entre ces trois femmes que ce complot s'était formé — c'était un coup de ses ennemis, sans doute... Et dire que, tout à l'heure, il s'attendrissait à la voix des cloches!

Un rire strident sonna dans l'appartement à cette pensée... Mais non, cela ne se ferait pas... ce serait une de ces crises comme son ménage en avait connu... Pour une fois, il saurait imposer sa volonté... C'était de la folie, de la pure folie... Comment Suzanne avait-elle pu écrire pareille lettre? Que s'était-il donc passé depuis quinze jours, depuis un mois? A vrai dire, il ne le savait pas... Ce voyage de Bourges?

— Elle est ici... Elle est rentrée, dit-il tout haut.

Il se précipita, prit son pardessus, son chapeau, et, quatre à quatre, descendit l'escalier.

— Où est madame? cria-t-il à la bonne.

— Elle vient de sortir, répondit la domestique.

— Mademoiselle n'est pas rentrée? Vous ne l'avez pas vue?

— Non, monsieur... Madame ne m'a pas dit qu'elle rentrerait ce matin...

Il sortit et prit la rue du Haut-Bourg, hâtant le pas, courant presque, les yeux grands ouverts sur un vaste trou où tourbillonnaient en entonnoir devant lui des choses indistinctes. Une main brusquement le saisit à l'épaule, l'arrêta : il aperçut un tramway lancé à toute vitesse devant lequel il allait se jeter... Balbutiant de rapides remerciements, il continua son chemin.

Mais voici le mur blanc, la petite porte.

Il s'arrêta, saisi d'un de ces terribles bouleversements de tout l'être où l'on croit que la machine humaine va se disloquer, tomber en morceaux.

Il entendait des voix à l'intérieur; il en fut rappelé à la réalité et s'aperçut que c'était lui, Martin, qui venait de tirer la sonnette. Suzanne parlait : ce son familier lui rendit un peu de conscience. Il semble qu'un flot calmant l'entoure, qu'il surnage, qu'il respire. Il se tâte le pouls, essuie son front et se raidit. Tout son être se tend, se gonfle, se bande jusqu'aux extrêmes limites de son énergie...

Il entre. La bonne le fait passer au petit salon vert dont les volets sont presque clos.

Dans sa poitrine le cœur saute à grands coups. De grands élans douloureux le traversent de souffrances lancinantes, aiguës, horribles — puis, l'instant d'après, c'est le calme d'une mer d'huile, l'inconscience presque, un vague bourdonnement de la tête, des distractions puériles, l'œil s'attachant à des détails de la muraille ou du mobilier...

Mais elle paraît... Et aussitôt tout s'immobilise en lui. C'est elle, petite chose svelte, noire, couronnée de cheveux blonds, qui s'avance tout d'une pièce et reste debout entre deux chaises.

Et tout d'un coup, le voici redevenu tout à fait lui-même, paisible, rassuré, content même, comme au retour d'un enfant... Ce n'était rien : un malentendu, sans doute... C'est sa petite Suzanne qui est là, debout, sa petite Suzanne avec qui il a joué tant de fois, cette tête si charmante sous la lampe de famille, sa fille... un peu de son cœur palpitant, partie détachée, mais vivante, de lui-même... Non, ce n'était rien; elle n'était point perdue, elle allait venir... Tout à l'heure, ils iraient se promener sur la lévée de la Loire.

Suzanne restait immobile, n'osant avancer, les yeux à terre, le front barré d'un pli. Une de ces physionomies qui semblent un mur inexorable.

Il ne s'en aperçut pas.

— Suzanne, ma petite Suzanne, qu'est-ce que tu as? Viens, ma chérie...

Il s'approche d'elle, et, dans sa gorge, les mots cahotent au milieu des sanglots. Un flot d'attendrissement dilue sa volonté, déborde ses résolutions; il ne voit plus que cet être gracieux, les cheveux blonds ondulés, la peau fine, le visage triste, un peu trop pâle — son enfant, son enfant aimée — et il lui tend les bras, tandis qu'il ne trouve plus rien à dire, parce que toutes ses paroles n'expriprimeraient jamais ce qu'il ressent, qu'elles arrivent à sa pensée par flots, comme une eau tumultueuse, et il balbutie d'une voix basse, étranglée :

— Ma petite Suzanne, ma petite Suzanne... en la pressant contre son cœur comme si elle était reconquise.

« Tu viens, n'est-ce pas?

Et, nerveusement, il serra sa tête contre celle de sa fille, ayant tout oublié, la raison de sa visite, la lettre, la terrible résolution...

Mais la jeune fille n'a pas paru répondre à cet appel du cœur. Elle se laisse embrasser, les mains inertes, raidie, frémissante, et cerclant son émotion du triple airain de sa volonté, touchant du doigt son chapelet, comme pour s'affermir dans sa résolution, s'appuyer à quelque chose de divin...

— Je ne puis pas, mon père... Pardon...

« Je ne puis pas, mon père. » Ces mots furent prononcés à voix basse, les yeux baissés, aussi fermement qu'elle le put. Elle était à bout de force; un mot de plus, un mot différent, elle n'aurait su les dire : elle eût pleuré, sombré dans les larmes. Mais jusque-là, elle s'était entretenue avec Dieu, elle avait vu Dieu et rien d'autre n'était entré dans sa pensée, aucune fissure ne s'était produite sous la pression du dehors... Elle était toute raidie dans sa résolution; elle était une résolution abstraite, un trait de la volonté de Dieu...

Cette froideur apparente arracha Martin à son attendrissement, refoula ses larmes. Ce fut un coup de fouet. Il sentit une douleur horrible et humiliante d'être ainsi repoussé, et toutes ses puissances de résistance et d'action se cabrèrent.

Des mots, des cris arrivaient en troupe, bousculés, heurtés... Une voix rauque, inattendue, sortit de sa gorge :

— Allons, assez de folies. Tu vas me faire le plaisir de revenir avec moi. Ta mère t'attend.

Mais, devant lui, la petite figure fine et blanche se leva. Des yeux fixes, ardents, y brillaient.

— Papa, papa, je te demande pardon... Mais je ne peux pas... Ne me demande pas... dit-elle d'une voix douloureuse.

Elle crispa ses poings dans un geste de souffrance.

Une vague de colère soulevait son père. Il lui saisit le bras.

— Il ne s'agit pas de cela. Je t'emmène. Je suis ton père. C'est de la folie, et je commande.

Elle cria sous l'étreinte du poignet, puis brusquement, frémissante, elle se dégagea, les yeux pleins de larmes, les dents serrées.

— Papa... mon père, j'ai vingt et un ans... Ne m'oblige pas à désobéir...

— C'est possible. Mais en voilà assez de cette comédie... Je n'admets pas, tu entends, je n'admets pas qu'on te vole, oui, qu'on te vole à tes parents! C'est donc sérieux tout cela? Sotte, pauvre sotte, qui ne vois pas que tu n'es qu'un instrument! Ce qu'ils veulent de toi, c'est ma défaite, c'est leur vengeance, c'est la victoire contre un ennemi... C'est ta fortune aussi, plus tard celle de ta tante qui ira vers eux!... Ah! les brigands!

Toutes ses colères se jetaient sur elle, en masse, en horde hurlante et désordonnée.

Elle laissa passer le flot, droite comme une martyre en proie aux bêtes...

Gesticulant, le poing tendu, Martin-Pretax lui jetait au visage, pêle-mêle, des reproches, des raisons, comme des pierres.

— Est-ce que je t'ai empêchée d'aller à l'église? J'ai été assez bête d'ailleurs! Ah! ils t'ont bien prise... Et ne vois-tu pas depuis combien de temps on te saisit, on te ligote petit à petit? Dieu? Mais Dieu veut-il qu'on aille contre la nature?

En lui s'accumulaient de vertigineuses cohortes d'arguments, mais tous à la fois voulaient s'échapper, jaillir, et rien ne s'organisait dans son esprit troublé... Convaincre, la convaincre? Il se sentait plein de vérités accablantes, de certitudes, plein à crever de ce qu'il pourrait dire, tendu jusqu'à la rupture par tout ce qui bouillonnait en lui... Il soufflait, haletait, comme un homme bâillonné... Et, au hasard, trépidant, forcené, bégayant de vouloir tout dire, il cria :

— Ton Dieu, ton Dieu, il ne peut aller contre la nature, si c'est lui qui l'a faite... Il ne veut pas qu'on sépare un enfant de son père... Ce sont tes curés, tes vieux cloportes de dévotes... Suzanne, ma petite Suzanne, le bien, c'est la vie, c'est la pitié; le bien, c'est de ne pas faire souffrir... Tu feras ce que tu voudras... Tiens, consacre-toi aux pauvres, aux malheureux. Comme tu voudras. Je t'aiderai. On ira ensemble... Je te laisserai faire. Tu ne te marieras pas, si tu veux... Ou bien, si... Pourquoi? Qu'est-ce que je t'ai fait?... Qu'est-ce que nous t'avons fait? C'est cet abbé Rambure, ce jésuite... Est-ce que tu crois qu'il y croit à tout ça? Un jésuite! Ton Christ ne dit pas cela!

— Il a dit : « Tu quitteras ton père et ta mère pour me suivre... Je ne suis pas venu apporter la paix... »

— C'est de la pure folie! hurla-t-il, hors de lui, le poing tendu.

Suzanne devint plus pâle, ébaucha un signe de croix et fit un mouvement, la main sur le bouton de la porte, prête à partir...

— Suzanne! Suzanne! cria-t-il désespéré.

Elle s'arrêta.

— Pardon, pardon... Oh! ma petite fille... ma petite Suzanne.

Il retomba sur un fauteuil et, la tête dans ses mains, sanglota...

Elle était revenue vers lui.

Toute pâle et blanche, comme une morte

avec des mouvements saccadés, elle s'approcha. Elle saisit la main de son père qui pendait maintenant sur son genou.

— Père, dit-elle d'une voix étouffée.

Il leva la tête et vit son trouble.

Plein d'effusions, le cœur débordant, il lui prit les doigts...

— Ah ! ma chérie... Pourquoi, pourquoi fais-tu cette peine à ton vieux papa ? Tu sais bien ce que j'ai fait pour toi... Pardonne-moi... Oui, oui, j'ai été trop loin tout à l'heure... Non, ma chérie, pense comme tu veux, crois ce que tu veux... Je ne te dirai plus rien... Ma petite Suzanne, rappelle-toi donc, quand tu étais enfant. Je n'ai que toi, hélas ! tu sais... Tu feras ce qu'il te plaira à la maison...

Il s'arrêta un instant, comme si une inspiration lui venait :

— Tu aimes quelqu'un ? Dis-moi, dis, tu peux tout me dire... Oui, il y a un amour qui ne va pas... Ma petite Suzanne, dis...

Il la regardait, ardent, pressant. Elle leva les yeux, extrêmement pâle, le tour des yeux bleui.

— Non... Je n'aime que Dieu...

— Eh bien... je ne te gênerai pas, je te laisserai croire, aimer...

Il sanglota un instant et, plein de la folie de l'attendrissement et du sacrifice, il s'écria :

— Oui, comme il te plaira. Je ne te dirai rien, entends-tu, rien... Et puis, ta religion, je la connais aussi bien que toi, mieux peut-être... je l'admire comme toi... Ecoute, on s'en ira.., J'en ai assez de ce pays-ci. Loin, loin, où on ne me connaît pas... Oui, tu crois, tu aimes Dieu, et tu as pensé que, pour être mieux à lui, il fallait, il fallait...

Il s'arrêta hésitant, n'osant prononcer ces mots : entrer en religion, car ils lui semblaient trop gros, horribles, évoquant un avenir d'abîme...

— Folle... Mais non, tu seras même plus libre qu'avant... Mais, moi, moi aussi, je comprends cela ! Ecoute, reviens, reviens, mon petit... Tu m'expliqueras tout ça... Tu sais, j'en ai assez de cette sale politique... Dieu, après tout, je ne l'ai jamais nié... J'ai douté, peut-être — oui... Oui, mais le Christ lui-même a douté quand il a dit : « Mon père, pourquoi m'avez-vous abandonné ?... » Comprends-tu ? Je ferai ce que tu voudras ; mais qu'il te rende, qu'il te rende à ton père... Je me soumettrai... au fond... pourquoi pas, pourquoi pas ? Suzanne, ma Suzanne, dis, mon petit enfant...

Sur les joues pâles de la jeune fille, des larmes coulaient.

Martin-Pretax se releva, frémissant.

— Ah ! tu me reviens, tu me reviens ! Je le savais bien... Viens, je t'emporte.

Mais elle le retint et, les yeux dilatés, visionnaire, elle s'écria :

— Mon Dieu, mon Dieu, merci de la grâce que vous me faites... Ah ! père ! je savais bien que tu n'étais pas un impie... Dieu t'éclaire, Dieu exauce ma prière... Tu viendras à lui... Christ ! achevez de verser votre grâce !

Elle tomba à genoux sur une chaise basse, les mains jointes.

Martin, effrayé, questionna.

— Quoi ?... qu'as-tu ?... Eh bien, tu viens, tu viens ?

Mais elle ne bougeait pas. La tête entre ses mains jointes, elle restait dans une immobilité de statue.

Martin-Pretax s'effraya... Quoi ! ce n'était pas fini ? Il avança la main — puis la retint. Il fallait respecter ce travail intérieur...

Les minutes passaient — formidables. Soudain, Suzanne se leva, le front rasséréné. Ce cauchemar était donc fini ! Ils allaient partir ensemble. Martin lui tendit la main.

— Viens, ma petite...

— Père, je te l'ai déjà dit... Je ne peux pas... Le Christ m'appelle. Il m'a donné une nouvelle preuve de sa grâce en t'amenant presque à ses pieds... Je suis heureuse, père, je suis heureuse. Ma seule peine était que tu fusses loin de moi, loin de mon âme. Et Christ t'a ramené.

Effaré, Georges balbutia :

— Il m'a ramené ?... Tu perds l'esprit. Comment ! tu veux partir, malheureuse ! Ah ! non ! Je t'emmène... Christ viendra te reprendre !

Et il ricana, en s'élançant pour la saisir.

Mais d'un geste elle l'avait arrêté... Elle reprit :

— Père, je sais que tu es bon... Le ciel t'ouvrira les yeux ; tu viendras à moi un jour... Je n'aurais pas voulu que nous nous quittions ainsi...

Un silence effrayant se fit, un lourd silence, plein de fatalité, qui écrasait ces deux créatures...

Lentement, elle avait gagné la porte... Toute droite, exsangue, elle regarda une dernière fois Georges.

— Adieu, papa... Pardonne-moi...

Et, brusquement, elle disparut et la porte se referma.

Stupide, sans volonté, sans pensée, écrasé,

Martin restait dans le petit salon désert. Une poussée folle le jeta vers la porte où sa fille avait disparu. Il se précipita vers la chambre à coucher.

Suzanne était là...

Agenouillée devant le petit autel, les mains jointes et tendues, elle regardait un grand Christ douloureux... Blême, les traits tirés, elle n'avait rien entendu et ne fit aucun mouvement...

Mais ses yeux agrandis, révulsés par l'extase, fixaient l'image du Rédempteur. Une hallucination divine emplissait son regard. Par moment, un frisson la secouait... Elle était avec Dieu : elle voyait Dieu.

Martin-Pretax comprit qu'elle n'était plus à lui...

Il sortit en titubant.

Sa douleur s'exhala dans un cri rauque et il s'enfuit, la tête dans ses mains, le long du mur blanc, sans rien voir et sans pouvoir retenir le hurlement de torturé qui sortait de sa pauvre chair tordue par la souffrance.

VI

Il rentra, rauque, échevelé.

— Appelez madame, dit-il.

Anne vint, mince, resserrée, crispée.

— Tu sais où est Suzanne? s'écria-t-il.

— Chez tante Pretax.

— Chez tante Pretax en attendant, en attendant... qu'elle soit...

Les mots s'étranglaient dans sa gorge.

— Tu savais, tu savais. C'est toi, c'est ta tante qui avez fait cela. Misérables!

Il marcha sur elle menaçant, la barbe hirsute.

— Réponds-moi... Savais-tu?

— Non, je te jure que ce n'est pas moi...

— Le savais-tu?

Elle ne répondit pas.

— Oui, n'est-ce pas? Et voilà... voilà le résultat de ta bigoterie et de vos abrutissements... Sais-tu ce que tu en fais de ta fille? Que tu la tues pour nous, que tu l'ensevelis? Es-tu une mère, ou es-tu une démente?

Il lui criait ces paroles dans les yeux.

— Ce n'est pas moi, Georges, je te le jure... Je ne croyais pas que cela se ferait... C'est elle qui l'a voulu. Moi, je l'ai détournée.

— Tu l'as détournée, oui... Mais est-ce que tu ne vois pas que c'est l'aboutissement de l'éducation que tu lui as donnée, malgré moi, du détraquement de sa cervelle que vous avez

préparé, avec tes curés... Ah! il t'en fallait des curés... Moi, j'ai été bonne bête... A présent, voilà, ma fille est partie...

Il s'écroula dans un fauteuil, secoué par les sanglots, le front dans la main.

Elle s'approcha de lui et instinctivement lui mit la main sur la tempe...

Mais, au contact, il se leva brusquement.

— Toi, tiens, va-t'en! Va la chercher. Va — et si tu ne la ramènes pas — et il baissa la voix, les yeux exorbités, fous — eh bien! ne reviens jamais — jamais!

Il ouvrit la porte toute grande et y poussa sa femme qui pleurait.

VII

Le soir tombait. Martin-Pretax attendait toujours. Tout l'après-midi il avait pris successivement les résolutions les plus folles, les plus contradictoires, tantôt songeant à faire interdire sa fille, puis se rendant compte de l'inanité d'un tel projet, tantôt prêt au meurtre, au suicide, tantôt en proie à de grandes crises de larmes qui le laissaient sans force, pantelant comme une bête blessée à mort.

Il avait formellement consigné sa porte. Étonnés, ses amis politiques s'en allaient en regardant la maison fermée...

Hier, c'était le succès. Martin, heureux et gai, serrait les mains. On l'avait porté en triomphe jusque chez lui... Aujourd'hui, ses ennemis l'avaient atteint au plus profond de son âme. Ah! le coup était bien joué.

Il n'y tint plus. Il griffonna quelques mots, puis les jeta.

« Je vais y retourner », se dit-il.

Ayant une résolution, il se sentit plus calme — et, de nouveau, un espoir l'éclaira.

Hâtivement, il se rendit chez madame Varnier... La petite porte était là-bas, au bout de la rue, il la fixait de loin. Tout à coup, il aperçut une soutane qui en sortait. Il tendit le poing.

Il arrivait. Une idée lui vint. Il tira un crayon, écrivit sur une carte :

« J'attends. »

Il refusa d'entrer, dévorant son humiliation devant cette porte entr'ouverte... La neige fondait... Des arbres pleuraient autour de lui. La brume s'était épaissie...

La bonne revint et, un peu hésitante, elle dit :

— Madame est à l'église...

— Et mademoiselle?...

— Mademoiselle est partie...

Il balbutia :

— Ah ! bien, bien... c'est vrai... tandis que la porte claquait.

Il s'en alla titubant dans la nuit.

VIII

Monsieur Martin-Pretax rentra dans son bureau mal aéré, plein d'une odeur de tabac, de renfermé...

Il s'écroula sur son fauteuil, les yeux grands ouverts, fiévreux, sans pensée...

La maison est vide, vide pour toujours... Un silence immense règne... On entend le cliquettement d'un ver qui travaille dans une boiserie. Les images fuient devant ses yeux comme des fumées au vent d'automne... Une sorte de vertige le saisit : il semble que les murs se reculent, que les plafonds deviennent plus hauts... Derrière la porte, l'escalier fait un trou d'ombre... Et la maison lui paraît immense, mystérieuse, isolée, perdue dans l'infini comme un fragment d'astre errant auquel il se serait accroché. Il n'ose plus remuer ; un frisson de crainte passe en lui. Il tressaille au craquement du plancher... Et ce silence, cette solitude lui donnent une telle sensation de vide, d'abandon définitif qu'il se sent prêt à crier, à hurler, de ce hurlement lamentable de toutes les bêtes perdues...

Elles étaient parties... Il regardait stupidement les tableaux, les fauteuils, la porte entr'ouverte de la bibliothèque. Et tout à coup, par un de ces miracles d'imagination qui abolissent le temps, il se trouva aux premiers jours de son mariage. Ah ! comme l'air était léger et comme il se sentait lui-même léger ainsi qu'un parfum, l'âme ouverte à la vie... Que l'existence avait jeté de lourdeurs depuis ! Il revit son enfant, la chambre tendue de cretonne bleue, la joie de jeunesse et d'espoir des premières années, tout un clair tableau de tendresses infinies, indistinctes. Toute sa vie sentimentale lui revenait, en grands coups de lumière, pleine d'un tel charme fuyant, indéfinissable, que tout ce qui restait encore en lui-même de puissances d'amour, de rêve et de poésie semblait se jeter, ailes ouvertes, dans des espaces de soleil et d'azur...

Autour de ces visions venaient se poser, comme des abeilles vibrantes un jour d'été sur un arbre fleuri, les souvenirs heureux de son existence : succès, plaisirs, douceurs,

petits contentements, et tout cela était lié à ces deux êtres disparus... Ses joies les plus étriquées d'autrefois lui semblaient d'immenses bonheurs abolis...

Le regard perdu, il vit se dresser devant lui d'immenses cathédrales de pierre, se lever des armées en marche, se plier des foules agenouillées au souffle de cette force éternelle, formidable, qui chassait de son foyer ces deux êtres, comme la rude bise d'automne chasse la cendre des feux de pâtre abandonnés... Quelle est donc cette puissance qui jeta des peuples les uns contre les autres, qui déchira ou pacifia des nations, souleva dans son sillage des tourbillons d'âmes et fut capable de transformer en fleurs de pierre les roches du sol ? Puissance qui ne repose sur rien de matériel, qui contraint par de mystérieux commandements... Force faite de toutes les terreurs de la vie et de la mort, de tous les espoirs, de toutes les tristesses, des égoïsmes qui cherchent une récompense, des tendresses veuves ou trop grandes, des besoins d'idéal, force fantastique du mystère et de l'illusion — la plus difficile à vaincre, parce qu'on ne peut l'étreindre, parce qu'elle nous enveloppe, parce que dans la religion seulement l'homme éprouve l'immense volupté de se reposer au sein d'une volonté infaillible, d'être un atome, un globule du sang divin... Être éternel, être divin : lueur qui fait danser des éphémères dans un rayon de soleil... Foi merveilleuse qui console et qui réveille les cœurs, qui fait devenir aérien tout ce qui est matière ; vieilles voûtes silencieuses, paix mystérieuse des temples ; foi, rempart des faibles, foi tutélaire à ceux que le vent secoue, foi qui répugne aux hardis, aux résignés, foi qui répugne aux forts...

M. Martin-Pretax se leva tout droit dans son bureau, comme s'il eût été fort...

Mais quand il vit dans la glace l'image ravagée d'un homme gris, voûté, qu'il reconnaissait à peine, il retomba découragé, anéanti.

Seul... O atroce, atroce douleur du vide... Il se leva, comme un cadavre qui s'animerait ; s'appuyant au mur, il entra dans les chambres désertes... La nuit épaisse d'hiver enserrait la maison de ténèbres hostiles ; les larves de la douleur et de l'obscurité rôdaient déjà, jetant sur son cœur l'affreuse cendre de la mort...

Le lit de Suzanne, blanc dans un coin, désert pour toujours, un bout de ruban bleu sur une chaise, un travail d'aiguille commencé ; tout cela était abandonné, tout cela ne servirait plus , c'étaient des objets morts... Et partout des traces de l'existence d'hier, le vide lamentable et le bruit des pas qui se répercutait, comme une plainte...

Devant ces débris de sa vie, une pesanteur énorme meurtrissait ses épaules, faisait fléchir son corps. Il s'assit et, de nouveau, regarda le passé, la fillette rieuse et ses premiers sourires, et cette intelligence qui s'ouvrait avec le regard, et ses inquiétudes aux jours de maladie... Que de fois il avait senti l'angoisse l'étreindre quand le petit corps pantelant, amolli par la fièvre, s'abandonnait dans ses bras...

Et comme la joie renaissait en lui quand le regard plus vif lui montrait que l'enfant allait mieux !

Tout cela, c'étaient des jours évanouis... Ces bonheurs n'étaient plus... Sa Suzanne était maintenant morte pour lui. Elle allait entrer dans le sépulcre du cloître, descendre vivante au tombeau. Dans une cellule banale, au milieu de la blancheur froide des murs et des plafonds, vêtue d'étoffes grossières, nourrie de mets vulgaires — elle si frêle — comme elle allait souffrir !... Ils allaient la tuer ! Dire qu'il aurait pu, comme les autres, promener par la main des petits-enfants ! Et sa race se perdrait là, sous les tombes anonymes d'un couvent...

Il vit son enfant dans un lit étroit, malade, avec des religieuses autour d'elle, sa beauté flétrie, ses cheveux blonds profanés, et cet être où palpitait sa chair, broyé par cette force énorme de mensonge et d'illusion, emporté par la folie de l'idéal hors de la nature et du bon sens, saisi par le Christ aux bras étroits à qui il faut le sacrifice de l'innocence pour continuer à vivre...

Tout ce qu'il avait le plus aimé disparaissait — et cette stèle de bonheur qu'il élevait dans sa vie s'écroulait. De funèbres images le jetaient dans un atroce cauchemar où il ne distinguait plus le réel de la vision : des feuilles jaunies qui pourrissent sur des tombes un visage qui s'étiole, le petit cimetière des nonnes qu'il longeait parfois et qu'on apercevait du haut du rempart... Elle irait reposer là, sous une croix anonyme, au milieu des herbes folles, parmi les os blanchis des pauvres filles qui n'ont pas connu l'amour et qui se sont séchées comme les lis qui fleurissent sur leurs tombes... Les petites allées sont envahies par les graminées ; un peu de vent passe et chante et, sous la terre abandonnée et froide, c'est toute sa vie, tout son amour qui est là.

*
* *

Le ciel morne de janvier s'abaisse sur la terre humide, lourd ainsi qu'un drap mouillé... Martin-Pretax, le cœur noyé, désespéré, marche comme une ombre vers les toits pleurants de la ville où il va désormais demeurer.

Il vient de quitter Blois, sans voir aucun de ses amis, ayant demandé son changement pour n'importe quelle résidence. Et c'est lui qui s'en va là-bas, courbé comme un pauvre arbre séché sous le vent qui souffle, souffle sur les cheveux blancs, comme il souffle sur les ramures et sur la terre nue, poursuivant tout être et toute chose de sa flagellation.

Suzanne est entrée comme novice au couvent des Ursulines de Bourges.

Tante Varnier-Pretax et Anne sont maintenant à Pithiviers, où elles continuent à végéter, décolorées et rétrécies. C'est là, qu'après une randonnée à travers la vie, elles sont revenues, au pied de la haute église qui sur es vieux murs étend son ombre séculaire, tandis que la mousse reverdit entre les pavés et que les petites portes aux judas grillagés s'ouvrent avec des tintements discrets aux heures de la prière.

Deux âmes ardentes se sont élevées, mais leurs flammes ne se sont pas mêlées... Les autres sont rentrées dans la cendre.

LES ŒUVRES COMPLÈTES

D'ALFRED DE VIGNY

POÉSIES — ROMANS — THÉATRE
ŒUVRES POSTHUMES — CORRESPONDANCE

NOTES ET COMMENTAIRES, par Léon SÉCHÉ

ÉDITION COMPLÈTE en 12 volumes de luxe de 250 pages environ, imprimés sur beau papier vergé avec des caractères spécialement fondus pour cette collection

(FORMAT 11×18)

Le volume broché . . . . . 2 fr. 95; franco : 3 fr. 25
Relié toile pleine. . . . . . 4 fr. » ; franco : 4 fr. 30
Relié 1/2 basane fers spéciaux. 6 fr. » ; franco : 6 fr. 45

POÉSIES : Poèmes antiques et modernes ; Héléna ; Fragments.   1 volume
Avec une notice sur Alfred de Vigny et une étude sur les Poèmes, par Léon SECHÉ.

STELLO. . . . .   1 volume

CINQ-MARS . . . .   2 volumes

SERVITUDE ET GRANDEUR MILITAIRES . . .   1 volume

THÉATRE COMPLET
Tome I. — **Shylock, Othello.**
Tome II. — **La Maréchale d'Ancre.**
Quitte pour la peur.
Tome III. — **Chatterton,** *suivi de Mademoiselle Sedaine et de la Propriété littéraire et du Discours de Réception à l'Académie française.*   3 volumes

JOURNAL D'UN POÈTE . . . .   1 volume

ŒUVRES POSTHUMES : *Les Destinées, Fantaisies oubliées, Mélanges.* . . . .   1 volume

CORRESPONDANCE, nombreuses lettres inédites. . . .   2 volumes

LISEZ

LE JOUR

Quotidien
Républicain
d'Action Latine

RÉDACTEUR EN CHEF
LÉON DELONCLE

LA LIQUEUR
la
Cardinale
possède les qualités digestives des meilleures liqueurs. Elle est fabriquée avec des alcools de premier choix, elle est d'un parfum délicat, elle n'est pas siropeuse comme beaucoup de liqueurs. Elle se trouve partout, son prix est modéré.

La Publicité sur le Livre : ROUFFÉ, Concessionnaire, 17, rue de St-Senoch.

www.ingramcontent.com/pod-product-compliance
Ingram Content Group UK Ltd.
Pitfield, Milton Keynes, MK11 3LW, UK
UKHW022058170726
13837UKWH00002B/990